Die schönsten Geschichten für einen Winterabend

An einem dunklen Winterabend gibt es nichts Schöneres, als sich warm eingemummelt in Geschichten zu verlieren.

Von Louisa May Alcott über Hans Christian Andersen bis hin zu Wilhelm Hauff erzählen berühmte Stimmen der Weltliteratur von den Freuden und Sorgen des Winters: von der herzwärmenden Freundschaft der March-Schwestern, der Macht der Nächstenliebe der Burgherrin Lucia, der Sehnsucht eines Schneemanns nach dem Kachelofen und den unheimlichen Mächten, die im stürmischen schottischen Winter ihr Unwesen treiben.

Die schönsten Geschichten für einen Winterabend

Reclam

Inhalt

Hans Christian Andersen

Der Schneemann

»Ah wie das in mir knackt, so wunderbar kalt ist es!«, sagte der Schneemann. »Der Wind beißt einem so richtig Leben ein! Und die Glotzerin da, ah wie die glotzt!«, es war die Sonne, die er meinte; sie ging gerade unter. »Die kriegt mich nicht zum Blinzeln, ich kann meine Brocken noch bei mir behalten!«

Es waren zwei große, dreieckige Dachziegelbrocken, die er als Augen hatte; der Mund war ein Stück von einer alten Harke, darum hatte er Zähne.

Er war unter den Hurrarufen der Jungen zur Welt gekommen und begrüßt worden vom Schellenklang und Peitschenknall von den Schlitten.

Die Sonne ging unter, der Vollmond ging auf, rund und groß, klar und schön in der blauen Luft.

»Da haben wir sie ja schon wieder, von der anderen Seite her!«, sagte der Schneemann. Er meinte, es wäre die Sonne, die sich wieder zeigte. »Das mit dem Glotzen hab ich ihr abgewöhnt! Jetzt kann sie da hängen und Licht machen, damit ich mich selber sehen kann. Wenn ich nur wüsste, wie man es anstellt, sich von der Stelle zu bewegen! Ich würde mich so gern von der Stelle bewegen! Wenn ich das könnte, würde ich jetzt unten auf dem Eis Schlittschuh laufen, wie es die Jungen gemacht haben; aber ich weiß nicht, wie man läuft!«

»Weg! Weg!«, kläffte der alte Kettenhund; er war etwas heiser, das war er schon, seit er ein Haushund gewesen war und unterm Kachelofen gelegen hatte. »Die Sonne wird dir das Laufen schon beibringen! Ich hab's bei deinem Vorgänger gesehen, im letzten Jahr, und bei seinem Vorgänger auch; weg! weg! Und weg sind sie alle!«

»Ich versteh dich nicht, Kamerad!«, sagte der Schneemann; »soll etwa *der* da oben mir das Laufen beibringen?« Er meinte den Mond. »Ja, die von vorhin ist allerdings gelaufen, als ich sie starr angeguckt habe, jetzt schleicht sie sich von hinten wieder heran!«

»Du hast keine Ahnung!«, sagte der Kettenhund, »aber dich haben sie ja auch gerade erst zusammengekleistert! Was du da jetzt siehst, nennt man Mond, und was weggegangen ist, war die Sonne, morgen früh kommt sie wieder und bringt dir schon noch das Laufen bei, geradewegs in den Wallgraben. Wir kriegen anderes Wetter, das fühle ich in meinem linken Hinterbein, das zieht so. Wir kriegen anderes Wetter!«

»Ich versteh ihn nicht!«, sagte der Schneemann, »aber es kommt mir vor, als wäre es was Unangenehmes, was er sagt. Und diese, die da so geglotzt hat und untergegangen ist, die er Sonne nennt, die ist auch nicht meine Freundin, das hab ich im Gefühl!«

»Weg! Weg!«, kläffte der Kettenhund, drehte sich dreimal um sich selber und legte sich dann in seinem Haus schlafen.

Es kam wirklich anderes Wetter. Ein Nebel, ganz dick und klamm, legte sich am frühen Morgen über die ganze Gegend; im Morgengrauen frischte es auf; der Wind war so eisig, der Frost packte richtig zu, aber was war es für ein Anblick, als die Sonne aufging! Alle Bäume und Sträucher waren von Raureif überzogen; es war ein ganzer Wald aus weißen Korallen, es war als wären alle Zweige mit leuchtend weißen Blüten bestreut. Die unendlich vielen und feinen Verästelungen, die man im Sommer vor lauter Blättern nicht sieht, kamen nun alle, alle zum Vorschein; es war wie geklöppelte Spitzen und ganz schimmernd weiß, als strömte ein weißer Glanz aus jedem Zweig. Die Hängebirke bewegte sich im Wind, es war Leben in ihr wie in den Bäumen des Sommers; es war eine unvergleichliche Schönheit! Und als die Sonne dann schien, nein wie funkelte das Ganze, als wäre es mit Diamantenstaub bepudert und als glitzerten die großen Diamanten hin über die Schneedecke der ganzen Erde, man hätte auch glauben können, dass unzählige winzige Lichtlein angezündet wären, weißer noch als der weiße Schnee.

»Das *ist* eine unvergleichliche Schönheit!«, sagte ein junges Mädchen, das mit einem jungen Mann in den Garten hinaustrat und gerade beim Schneemann stehenblieb, von wo aus sie zu den glitzernden Bäumen hinaufsahen. »Etwas Schöneres bekommt man im Sommer nicht zu sehen!«, sagte sie, und ihre Augen strahlten.

»Und so einen Kerl wie den hier gibt's dann schon gar nicht!«, sagte der junge Mann und zeigte auf den Schneemann. »Der ist großartig!«

Das junge Mädchen lachte, nickte dem Schneemann zu und tanzte dann mit ihrem Freund über den Schnee, das knirschte unter ihnen, als liefen sie über gestärkte Laken.

»Wer waren denn die beiden?«, fragte der Schneemann den Kettenhund. »Du bist länger auf dem Hof als ich, kennst du die?«

»Das tu ich!«, sagte der Kettenhund. »Sie hat mich ja gestreichelt, und er hat mir einen Knochen mit Fleisch dran gegeben; die beiß ich nicht!«

»Aber was sind das hier für Leute?«, fragte der Schneemann.

»Verrr-liebte!«, sagte der Kettenhund. »Die ziehen in ihre Hundehütte und nagen die Knochen zusammen ab. Weg! Weg!«

»Sind die zwei genauso bedeutend wie du und ich?«, fragte der Schneemann.

»Die gehören ja zur Herrschaft!«, sagte der Kettenhund. »Aber man weiß ja so wenig, wenn man erst gestern zur Welt gekommen ist! Das merk ich dir schon an! Ich habe das Alter und die Erfahrung, ich kenne alle hier auf dem Hof! Und ich habe eine Zeit gekannt, da stand ich noch nicht hier draußen in der Kälte in Ketten; weg! weg!«

»Kälte ist herrlich!«, sagte der Schneemann. »Erzähl, erzähl! Aber du darfst nicht so mit den Ketten rasseln, dann knackt es in mir!«

»Weg! Weg!«, kläffte der Kettenhund. »Welpe war ich; klein und süß, sagten alle, da lag ich in einem Samtsessel da drin im

Herrenhaus, lag bei der obersten Herrschaft im Schoß; kriegte Küsse aufs Maul und die Pfoten gewischt, mit einem gestickten Taschentuch; ich hieß ›der Schönste‹ und ›Butzi-tatzi‹, aber dann wurde ich ihnen zu groß! Da gaben sie mich der Haushälterin; ich kam in den Keller! Du kannst hineinsehen von da aus, wo du stehst; du kannst in die Kammer gucken, in der ich die Herrschaft war; das war ich nämlich bei der Haushälterin. Das war wohl ein schlechterer Platz als ein Stockwerk höher, aber dafür gemütlicher; ich wurde nicht ständig von Kindern gedrückt und herumgetragen wie oben. Ich hatte genauso gutes Futter wie vorher, nur viel mehr! Ich hatte mein eigenes Kissen, und dann war da ein Kachelofen, das war zu der Zeit der schönste auf der ganzen Welt! Ich kroch so tief darunter, dass ich ganz verschwunden war. Oh, von dem Kachelofen träum ich immer noch; weg! weg!«

»Sieht ein Kachelofen so schön aus?«, fragte der Schneemann. »So wie ich?«

»Der ist genau das Gegenteil von dir! Pechschwarz ist der! Er hat einen langen Hals mit einer Messingtrommel. Der frisst Brennholz, bis ihm das Feuer aus dem Mund schlägt. Man muss sich etwas seitlich davon halten, dicht dran und unten drunter, das ist eine unendliche Gemütlichkeit! Du müsstest ihn eigentlich durchs Fenster sehen können, von da wo du stehst!«

Und der Schneemann sah, und wirklich sah er einen blankpolierten Gegenstand mit Messingtrommel; das Feuer leuchtete unten heraus. Dem Schneemann wurde es ganz wunderlich zumute; er hatte ein Gefühl, das er sich selber nicht erklären konnte; es überkam ihn etwas, das er nicht kannte, das aber alle Menschen kennen, sofern sie keine Schneemänner sind.

»Und warum hast du sie verlassen?«, fragte der Schneemann. Er hatte das Gefühl, es müsste ein weibliches Wesen sein. »Wie konntest du bloß so einen Platz verlassen?«

»Dazu war ich sozusagen gezwungen!«, sagte der Kettenhund. »Sie haben mich rausgeworfen und mich hier angekettet. Ich hatte den jüngsten Junker in die Haxe gebissen, weil er mir die Haxe weggestoßen hatte, an der ich gerade kaute; und Haxe um Haxe, denke ich! Aber das haben sie übel aufgenommen, und seit der Zeit steh ich hier in Ketten, und meine klare Stimme hab ich auch verloren, hör nur, wie heiser ich bin: weg! weg! Das war das Ende vom Lied!«

Der Schneemann hörte nicht mehr zu; er schaute fortwährend in den Keller der Haushälterin, hinunter in ihre gute Stube, wo der Kachelofen auf seinen vier Eisenbeinen stand und genauso groß zu sein schien wie der Schneemann selber.

»Das knackt so sonderbar in mir!«, sagte er. »Werde ich denn nie da hineinkommen? Das ist ein unschuldiger Wunsch, und unsere unschuldigen Wünsche müssen doch bestimmt in Erfüllung gehen. Das ist mein größter Wunsch, mein einziger Wunsch, und es wäre beinahe ungerecht, wenn der nicht in Erfüllung ginge. Ich muss da hinein, ich muss mich zu ihr hinunterbeugen, und wenn ich dabei das Fenster eindrücke!«

»Da kommst du niemals rein!«, sagte der Kettenhund. »Und kommst du zum Kachelofen, dann bist du weg! weg!«

»Ich bin ja schon so gut wie weg!«, sagte der Schneemann. »Ich glaub, ich breche durch!«

Den ganzen Tag stand der Schneemann da und schaute zum Fenster hinein; in der Dunkelheit wurde die Stube noch einladender; vom Kachelofen leuchtete es so milde herüber, wie der Mond nicht leuchtet und die Sonne schon gar nicht, nein, wie nur ein Kachelofen leuchten kann, wenn etwas in ihm steckt. Wenn sie die Türe auf- und zumachten, schlug die Lohe heraus, das war so eine Angewohnheit; dann glühte es im weißen Gesicht des Schneemanns richtig rot auf, es leuchtete rot bis hinunter zur Brust.

»Ich halt das nicht aus!«, sagte er. »O wie gut ihr das steht, wenn sie die Zunge herausstreckt!«

Die Nacht war sehr lang, aber nicht für den Schneemann, er stand in seine eigenen schönen Gedanken versunken, und die froren, dass es knackte.

Am frühen Morgen waren die Kellerfenster zugefroren, sie trugen die schönsten Eisblumen, die man als Schneemann nur verlangen konnte, aber sie verbargen den Kachelofen. Das Fensterglas wollte nicht abtauen, er konnte sie nicht sehen. Das knackte, das knirschte, das war ein Frostwetter ganz nach dem Geschmack eines Schneemanns, aber es machte ihm keinen Spaß; er könnte und sollte sich so glücklich fühlen, aber er war nicht glücklich, ihn hatte die Kachelofensehnsucht gepackt.

»Das ist eine schlimme Krankheit für einen Schneemann!«, sagte der Kettenhund. »Mich hat's auch ein bisschen erwischt, aber ich hab's überstanden! Weg! Weg! – Und jetzt kriegen wir anderes Wetter!«

Und es kam anderes Wetter, es schlug in Tauwetter um.

Das Tauwetter nahm zu, der Schneemann nahm ab. Er sagte kein Wort, er klagte nicht, und das ist das richtige Zeichen.

Eines Morgens fiel er um. Da ragte etwas wie ein Besenstiel in die Luft, wo er gestanden hatte, daran hatten die Jungen ihn aufgebaut.

»Jetzt versteh ich das mit seiner Sehnsucht!«, sagte der Kettenhund. »Der Schneemann hatte einen Ofenschaber im Leib! Das war es, was sich in ihm gerührt hat, jetzt ist das überstanden; weg! weg!«

Und bald war auch der Winter überstanden.

»Weg! Weg!« kläffte der Kettenhund; aber die kleinen Mädchen auf dem Hof sangen:

»Waldmeister komm! Und dufte schön,
Du Weide lass die Kätzchen sehn,
Komm Lerche, sing, denn dieses Jahr
Ist Frühling schon im Februar!
Ich singe mit, kuckuck! piep-piep!
Komm schein auf uns, du Sonne lieb!«

Da denkt keiner an den Schneemann!

Tove Jansson

Der Schnee

Als wir bei dem fremden Haus ankamen, begann der Schnee auf eine ganz neue Art zu fallen. Mengen von müden, alten Wolken öffneten sich über uns und ließen den Schnee einfach völlig unkontrolliert herunterstürzen. Es waren keine normalen Schneeflocken, sie fielen in großen, zusammengekleisterten Fladen herab, sie klammerten sich aneinander und sanken rasch zu Boden, und sie waren nicht weiß, sondern grau. Die Welt war schwer wie Blei.

Mama trug die Koffer herein und stampfte auf dem Fußabtreter und redete pausenlos, es gefiel ihr, dass alles hier so anders war.

Aber ich sagte nichts, mir gefiel das fremde Haus nämlich nicht. Ich stand am Fenster und sah zu, wie der Schnee fiel und dass es nicht der richtige Schnee war. Der Schnee war nicht so wie in der Stadt. Dort bläst er schwarz-weiß übers Dach oder fällt in himmlischer Ruhe und erzeugt schöne Bögen überm Salonfenster. Die Landschaft war ebenfalls gefährlich. Sie war nackt und offen und verschlang sämtlichen Schnee, und die Bäume standen in schwarzen Reihen, die im Nichts endeten. Am Rande der Welt lag ein schmaler Waldrand. Alles war falsch. Im Winter hat man in der Stadt zu sein und im Sommer auf dem Land. Wir waren auf die verkehrte Seite geraten.

Das Haus war groß und leer, es hatte viel zu viele Zimmer. Alles war sehr sauber, und die Teppiche waren groß und weich wie Felle, sodass man seine eigenen Schritte nicht hörte.

Wenn man im allerhintersten Zimmer stand, konnte man all die anderen Zimmer hintereinander sehen, und das erzeugte ein melancholisches Gefühl, wie auf einem Bahnsteig. Das allerhinterste Zimmer war dunkel wie in einem Tunnel, bis auf die schwach schimmernden Goldrahmen und den sanft funkelnden

Spiegel, der zu hoch hing. Alle Lampen waren mild und diffus und verbreiteten einen sehr kleinen Lichtkreis. Und wenn man rannte, war überhaupt nichts zu hören.

Draußen war es genauso – weich und verschwommen, und der Schnee, der nicht zu fallen aufhörte.

Ich fragte, warum wir eigentlich in dem großen Haus seien, erhielt aber keine befriedigende Antwort.

Die Person, die das Essen kochte, ließ sich fast nie blicken und sprach nichts. Unmerkbar huschte sie herein und dann wieder hinaus. Die Tür fiel geräuschlos hinter ihr zu und schwang, bevor sie endgültig zu war. Ich drückte meine Ablehnung dem Haus gegenüber dadurch aus, dass ich schwieg. Ich sagte nichts.

Am Nachmittag wurde der Schnee immer grauer, er kam in Schwaden angetrieben, blieb an den Fensterscheiben kleben und rann dann hinab, worauf neue Schwaden aus der Dämmerung auftauchten und dasselbe taten. Sie kamen mir vor wie graue Hände mit hundert Fingern. Ich versuchte einer einzelnen mit dem Blick zu folgen, sie nicht aus den Augen zu lassen, während sie sank, sie breitete sich aus und fiel, schneller und schneller, ich starrte die nächste an, die fiel auch, und die nächste fiel, und die darauffolgenden fielen auch, und schließlich taten mir die Augen weh, und ich bekam Angst.

In sämtlichen Zimmern war es heiß, es waren genügend Zimmer da für ganze Scharen von Menschen, aber wir waren nur zu zweit. Ich sagte nichts.

Mama war glücklich, sie lief durch die Zimmer und rief: »Welch ein Friede! Und überall so schön warm!« Dann setzte sie sich an einen großen glänzenden Tisch und begann zu zeichnen. Sie entfernte die Spitzendecke, breitete ihre Illustrationen aus und öffnete das Tuschefass.

Da ging ich die Treppe hinauf. Die Treppe knackte und knarrte und gab eine Menge Geräusche von sich, wie Treppen es eben an sich haben, wenn eine Familie sehr lange auf ihnen hinauf und hinab gegangen ist. Das ist gut so, genauso muss es sein. Man weiß genau, welche Stufen knarren und welche nicht und wo man hintreten soll, wenn man nicht gehört werden will. Das Einzige, was ich daran auszusetzen hatte, war, dass es nicht unsere Treppe war. Es war eine fremde Familie gewesen, die hier hinauf und hinab gegangen war. Daher war mir die Treppe unheimlich.

Im oberen Stock brannten sämtliche Lampen überall genauso sanft wie unten, alle Zimmer waren warm und aufgeräumt, und die Türen standen offen. Nur eine einzige Tür war zu. Dahinter war es kalt und dunkel, dort befand sich der Speicher. Hier lagen die Sachen der anderen Familie in Truhen und Kisten, die Mottensäcke hingen in langen Reihen und waren oben leicht verschneit.

Jetzt hörte ich den Schnee. Er fiel die ganze Zeit, weich und drohend, er flüsterte und raschelte vor sich hin, und in der einen Ecke des Speichers war er auf den Boden hereingekrochen.

Hier oben war die andere Familie so stark spürbar, dass ich die Speichertür schloss, wieder hinunterging und sagte, dass ich schlafen wolle. Eigentlich wollte ich überhaupt nicht schlafen, aber ich fand es besser so. Dann brauchte ich nichts zu sagen.

Das Bett war breit und leer, genau wie die Landschaft ringsum. Die Bettdecke war wie eine Hand. Man sank und sank unter einer großen, weichen Hand bis an den Grund der Welt. Nichts war wie zu Hause, so wie hier war es nirgends.

Am nächsten Morgen schneite es unverändert weiter. Mama war mit der Arbeit gut vorangekommen und war vergnügt. Sie brauchte nicht zu heizen, kein Essen zu kochen und sich um niemanden Sorgen zu machen. Ich sagte nichts.

Ich begab mich in das allerhinterste Zimmer und begann den Schnee zu bewachen. Ich hatte eine große Verantwortung und musste genau wissen, was er tat. Seit gestern war er gestiegen. Tausend Tonnen nassen Schnees waren die Scheiben hinuntergerutscht, man musste auf einen Stuhl hinaufklettern, um die lang gestreckte graue Landschaft sehen zu können. Draußen war der Schnee ebenfalls gestiegen. Die Bäume waren dünner und ängstlicher geworden, und der Horizont hatte sich weiter nach hinten verzogen. Ich beobachtete das alles, bis mir klargeworden war, dass wir bald geliefert sein würden.

Dieser Schnee war fest entschlossen, so lange zu fallen, bis alles zu einer einzigen, großen, nassen Schneewehe geworden sein und niemand mehr wissen würde, was sich dahinter befand. Alle Bäume, alle Häuser würden versinken. Keine Straßen, keine Spuren, nur der Schnee, der fiel und fiel und fiel.

Ich ging auf den Speicher hinauf und hörte, wie er kam, wie er sich festsaugte, sich niederließ und wuchs. Ich konnte an nichts anderes mehr denken als an den Schnee.

Mama zeichnete.

Ich baute mir ein Haus aus den Sofapolstern und sah Mama ab und zu durch ein Guckloch zwischen den Polstern an. Sie fühlte es und fragte: »Geht's dir gut?«, während sie weiterzeichnete. Und ich antwortete: »Ja, ja.«

Dann kroch ich auf allen vieren ins hinterste Zimmer, kletterte auf den Stuhl und sah, wie der Schnee auf mich zusank. Inzwischen hatte sich der ganze Horizont unter den Rand der Welt verkrochen. Der Waldrand war nicht mehr zu sehen, er war nach unten gerutscht. Die Welt war gekentert, sie kippte sacht, jeden Tag ein Stückchen mehr.

Die Idee war atemberaubend. Langsam, langsam drehte sich die von Schnee beschwerte Welt. Die Bäume und Häuser standen nicht mehr aufrecht. Sie standen schief. Mit der Zeit würde es schwierig werden, aufrecht zu gehen. Die Erdbewohner würden kriechen müssen. Wenn sie vergessen hätten, ihre Fenster einzuhängen, würden die von selbst aufgehen. Die Türen würden aufkippen. Die Regentonne würde umkippen, über den endlosen Acker rollen, über den Rand der Welt hinaus. Die ganze Welt war voller Sachen, die umherrollen, gleiten und fallen würden. Die großen Sachen würden angedonnert kommen, man würde sie schon von Weitem hören, es käme nur darauf an zu berechnen, wo sie entlangpoltern würden, um ihnen rechtzeitig aus dem Weg kriechen zu können – dann würden sie kommen, vorbeidröhnen, durch den Schnee holpern, wenn der Neigungswinkel der Welt zu groß würde, und schließlich ins Weltall hinausfallen. Kleine Häuser ohne Keller würden sich losreißen und davonwirbeln. Der Schnee würde nicht mehr fallen, sondern horizontal fliegen. Er würde nach oben fliegen und verschwinden. Alles, was sich nicht festhalten könnte, würde in den Weltraum hinauskullern, und der Himmel würde allmählich dunkel und schließlich schwarz werden.

Drinnen im Haus war der Fußboden zu einer Wand geworden, und alle Teppiche lagen in einem weichen Wall unter den Fenstern. Wir krochen unter den Möbeln zwischen den Fenstern durch und hüteten uns davor, auf die Glasscheiben zu treten. Manchmal allerdings löste sich ein Bild oder ein Kerzenhalter von der Wand und fiel herunter und zerschmetterte eine Scheibe. Das Haus ächzte, und der Putz löste sich. Und draußen donnerten große, schwere Sachen vorbei, sie kamen durch ganz Finnland angerollt, von oben aus Rovaniemi; der nasse Schnee, der an ihnen haften geblieben war, während sie davonrollten, machte sie noch schwerer, und manchmal kamen Menschen vorbeigefallen und schrien dabei.

Der Schnee auf der Erde kam ins Rutschen. Er glitt in einer riesigen Lawine davon, die über den Rand der Welt hinauswuchs … o nein, nein!

Ich wälzte mich auf dem Teppich hin und her, um das Entsetzen zu vergrößern, schließlich sah ich, wie die Wand sich auf mich zuneigte und die Bilder von ihren Haken kippten.

»Was machst du?«, fragte Mama.

Da blieb ich ganz still liegen und sagte nichts.

»Soll ich dir eine Geschichte erzählen?«, fragte sie und zeichnete weiter.

Aber ich wollte keine andere Geschichte hören als meine eigene. So etwas kann man allerdings nicht sagen. Also sagte ich: »Komm mit und sieh dir den Speicher an.«

Mama rieb die Tuschefeder trocken und kam mit. Wir standen ein Weilchen auf dem Speicher und froren, dann sagte Mama: »Hier ist es so einsam«, also kehrten wir wieder in die Wärme zurück, und Mama vergaß zu erzählen. Dann ging ich ins Bett.

Am nächsten Morgen war das Licht grün, das ganze Zimmer war von Unterwasserlicht erfüllt. Mama schlief. Ich stand auf und öffnete die Tür und sah, dass in sämtlichen Zimmern die Lampen brannten, obwohl es Morgen war, und das grüne Licht entstand durch den Schnee, der alle Fenster bis oben hin bedeckte. Jetzt war es passiert.

Das Haus war eine einzige große Schneewehe, die Erdoberfläche lag irgendwo hoch überm Dach. Bald würden auch die Bäume sich im Schnee verkriechen, bis nur die Wipfel herausschauten, dann würden auch die Wipfel verschwinden, und alles würde flach und eben werden. Ich sah es vor mir, ich wusste Bescheid. Da gab es kein Entrinnen.

Mir war sehr feierlich zumute, ich wurde ganz ruhig und setzte mich auf den Teppich vor dem Feuer im Kamin.

Mama war aufgewacht. Sie kam heraus und sagte: »Schau mal, wie komisch das aussieht mit dem Schnee vor den Fenstern«, sie begriff nämlich nicht, wie ernst die Lage war. Nachdem ich ihr erzählt hatte, was tatsächlich geschehen war, wurde sie sehr nachdenklich. »Eigentlich«, sagte sie nach einer Weile, »haben wir uns wie die Bären zum Winterschlaf in eine Höhle zurückgezogen. Niemand kann herein und niemand hinaus!« Ich sah sie prüfend an und begriff, dass wir gerettet waren. Endlich waren wir absolut sicher und geschützt. Der bedrohliche Schnee hatte uns für immer hier drinnen in der Wärme versteckt, und wir brauchten uns kein bisschen darum zu kümmern, was draußen geschah. Eine geradezu ungeheure Erleichterung erfüllte mich, ich rief: Ichliebedich, ichliebedich, und nahm alle Polster und bewarf Mama damit und lachte und schrie, und Mama warf zurück, und schließlich lagen wir beide auf dem Teppich und lachten nur.

Dann begannen wir unser unterirdisches Leben. Wir wanderten im Nachthemd durchs Haus und machten nichts. Mama zeichnete nicht. Wir waren Bären, hatten uns den Magen mit Tannennadeln gefüllt und rissen alle in Stücke, die sich in die Nähe unserer Höhle wagten. Wir gingen äußerst verschwenderisch mit dem Holz um, warfen einen Scheit nach dem anderen in den Kamin, bis das Feuer beim Brennen dröhnte.

Manchmal brummten wir ein wenig. Die gefährliche Welt überließen wir sich selbst, sie war gestorben, war ins Weltall hinausgefallen. Mama und ich waren die Einzigen, die übrig geblieben waren.

Sie begannen beim hintersten Zimmer. Zuerst war ein bösartiges, scharrendes Geräusch wie von großen Schaufeln zu hören. Dann stürzte der Schnee vor dem Fenster herab und ließ überall graues Licht hereinströmen. Draußen stapfte jemand vorbei und kam ans nächste Fenster und ließ noch mehr Licht herein. Es war schrecklich.

Das scharrende Geräusch lief die ganze Fensterreihe entlang, bis die Lampen wie bei einer Beerdigung brannten. Draußen fiel der Schnee. Die Bäume standen unverändert schwarz in ihrer Reihe und fingen den Schnee auf, und der Waldrand war auch noch da. Wir zogen uns an. Mama setzte sich an den Tisch, um zu zeichnen.

Ein schwarzer Mann schaufelte draußen vor der Tür weiter, und plötzlich begann ich zu weinen und zu schreien: »Ich werd ihn beißen! Ich geh hinaus und beiße ihn!«

»Das ist unnötig«, sagte Mama. »Er würde es nicht verstehen.« Sie schraubte das Tuschefass wieder zu und fügte hinzu: »Vielleicht sollten wir doch wieder nach Hause fahren.«

»Ja«, sagte ich.

Und dann fuhren wir ab.

Oscar Wilde

Der selbstsüchtige Riese

Jeden Nachmittag, wenn die Kinder aus der Schule kamen, gingen sie hin und spielten im Garten des Riesen.

Es war ein großer, herrlicher Garten mit weichem grünem Gras. Hier und da ragten schöne Blumen wie Sterne aus dem Rasen, und es wuchsen zwölf Pfirsichbäume, die im Frühling zarte rosa und perlweiße Blüten trieben und im Herbst reiche Früchte trugen. Die Vögel saßen in den Bäumen und sangen so süß, dass die Kinder oft in ihren Spielen innehielten, um ihnen zu lauschen. »Wie glücklich sind wir hier!«, riefen sie einander zu.

Eines Tages kehrte der Riese zurück. Er war bei seinem Freund, dem Menschenfresser von Cornwall, zu Besuch gewesen und sieben Jahre bei ihm geblieben. Als die sieben Jahre um waren, hatte er alles gesagt, was er zu sagen hatte, denn seine Konversationskunst war begrenzt, und er beschloss, zu seiner eigenen Burg zurückzureisen. Als er dort ankam, sah er die Kinder im Garten spielen.

»Was treibt ihr hier?«, rief er barsch, und die Kinder liefen davon.

»Mein Garten ist mein Garten«, sagte der Riese; »das versteht ja wohl jeder, und ich werde niemandem erlauben, darin zu spielen, als mir allein.« Also errichtete er ringsumher eine hohe Mauer und stellte eine Warntafel auf.

Unbefugtes Betreten bei Strafe verboten

Er war ein sehr selbstsüchtiger Riese.

Nun hatten die armen Kinder keinen Ort mehr, an dem sie spielen konnten. Sie versuchten, auf der Straße zu spielen, aber die Straße war sehr staubig und voll harter Steine, und das mochten sie gar nicht. Wenn der Unterricht zu Ende war, streiften sie oft um das hohe Gemäuer herum und sprachen von dem herrlichen Garten dahinter. »Wie glücklich waren wir dort«, sagten sie zueinander.

Dann kam der Frühling, und landauf, landab waren kleine Blüten und kleine Vögel zu sehen. Nur im Garten des Selbstsüchtigen Riesen herrschte noch immer Winter. Die Vögel sangen nicht gern darin, weil es keine Kinder gab, und die Bäume vergaßen zu blühen. Einmal steckte eine hübsche Blume ihr Köpfchen aus dem Gras, doch als sie die Warntafel sah, taten ihr die Kinder so leid, dass sie wieder ins Erdreich schlüpfte und weiterschlief. Die einzigen Leute, die sich freuten, waren der Schnee und der Frost. »Der Frühling hat diesen Garten vergessen«, riefen sie, »so wollen wir das ganze Jahr hier leben.« Der Schnee deckte das Gras mit seinem großen weißen Mantel zu, und der Frost bemalte alle Bäume silbern. Dann luden sie den Nordwind ein, bei ihnen zu wohnen, und er kam ebenfalls. Er war in Pelze gemummt, und er toste den ganzen Tag durch den Garten und blies die Schornsteinaufsätze herab. »Dies ist ein reizendes Fleckchen«, sagte er, »wir müssen den Hagel zu Besuch bitten.« So kam auch der Hagel. Jeden Tag trommelte er drei Stunden lang auf das Burgdach ein, bis fast alle Schiefer zertrümmert waren, und dann tobte er, so schnell er konnte, im Garten umher. Er war in Grau gekleidet, und sein Atem war wie Eis.

»Ich begreife nicht, weshalb der Frühling sich so verspätet«, sagte der Selbstsüchtige Riese, als er am Fenster saß und auf seinen kalten weißen Garten hinausblickte; »hoffentlich schlägt das Wetter bald um.«

Aber der Frühling kam nicht, und auch nicht der Sommer. Der Herbst bescherte jedem Garten goldene Früchte, nur dem Garten des Riesen bescherte er keine. »Er ist zu selbstsüchtig«, sagte er. So herrschte dort stets Winter, und der Nordwind und der Hagel und der Frost und der Schnee tanzten zwischen den Bäumen.

Eines Morgens lag der Riese wach im Bett, als er eine liebliche Musik vernahm. So süß klang sie ihm in den Ohren, dass er schon glaubte, es seien die Musikanten des Königs, die vorüberzögen. In Wahrheit war es nur ein kleiner Hänfling, der draußen vor seinem Fenster sang, aber er hatte schon so lange keinen Vogel mehr in seinem Garten singen hören, dass es ihm vorkam wie die schönste Musik der Welt. Da hörte der Hagel auf, über seinem Kopf zu tanzen, und der Nordwind ließ ab von seinem Tosen, und durch den geöffneten Fensterflügel wehte ein köstlicher Duft ihn an. »Ich glaube, der Frühling ist endlich gekommen«, sagte der Riese; und er sprang aus dem Bett und blickte hinaus.

Und was sah er?

Der allerschönste Anblick bot sich ihm. Durch eine kleine Bresche in der Mauer waren die Kinder hereingeschlüpft und saßen jetzt im Geäst der Bäume. In jedem Baum, so weit er blicken konnte, saß ein kleines Kind. Und die Bäume waren so froh, die Kinder wieder bei sich zu haben, dass sie sich mit Blüten bedeckt hatten und ihre Arme über den Köpfen der Kinder sanft hin und her schwangen. Die Vögel schwirrten umher und zwitscherten vor Freude, und die Blumen lugten aus dem grünen Gras hervor und lachten. Es war ein liebliches Bild, nur in einem Winkel herrschte noch Winter. Es war der entlegenste Winkel des Gartens, und dort stand ein kleiner Junge. Er war so klein, dass er nicht zu den Ästen des Baumes hinauflangen konnte, und so strich er um ihn herum und weinte bitterlich. Der arme Baum war noch ganz von Frost und Schnee bedeckt, und über ihm heulte und toste der Nordwind. »Steig herauf! kleiner Junge«, sagte der Baum und bog, so tief er konnte, seine Äste hernieder, aber der Junge war einfach zu klein.

Und das Herz des Riesen erweichte, als er hinaussah. »Wie selbstsüchtig bin ich doch gewesen!«, sagte er. »Jetzt weiß ich, weshalb der Frühling nicht hierherkommen wollte. Ich will den armen kleinen Jungen in den Wipfel des Baumes heben, und dann will ich die Mauer einreißen, und mein Garten soll den Kindern für alle Zeit ein Spielplatz sein.« Es reute ihn wirklich sehr, was er getan hatte.

So schlich er sich die Treppe hinab, öffnete ganz sachte die Burgtür und trat hinaus in den Garten. Aber als die Kinder ihn sahen, erschraken sie so sehr, dass sie alle davonliefen, und im Garten wurde es wieder Winter. Nur der kleine Junge lief nicht davon, denn seine Augen standen voller Tränen, sodass er den Riesen nicht kommen sah. Und der Riese stahl sich von hinten an ihn heran, nahm ihn behutsam in seine Hand und hob ihn hinauf in den Baum. Und der Baum brach sogleich in Blüten aus, und die Vögel kamen und sangen in ihm, und der kleine Junge streckte seine beiden Arme aus, schlang sie um des Riesen Hals und küsste ihn. Und als die anderen Kinder sahen, dass der Riese nicht länger böse war, kamen sie herbeigerannt, und mit ihnen kam der Frühling. »Das ist nun euer Garten, ihr Kindlein«, sagte der Riese, und er nahm eine große Axt und riss die Mauer ein. Und als die Leute um zwölf Uhr auf den Markt gingen, fanden sie, dass der Riese mit den Kindern in dem herrlichsten Garten spielte, den sie je gesehen hatten.

Sie spielten den ganzen Tag, und am Abend kamen sie zu dem Riesen, um ihm gute Nacht zu sagen.

»Aber wo ist euer kleiner Spielgefährte?«, fragte er. »Der Junge, den ich in den Baum gehoben habe?« Den hatte der Riese am liebsten, weil er ihn geküsst hatte.

»Wir wissen es nicht«, antworteten die Kinder; »er ist fortgegangen.«

»Ihr müsst ihm sagen, dass er morgen unbedingt wiederkommen soll«, sagte der Riese. Aber die Kinder sagten, sie wüssten nicht, wo er wohne, und hätten ihn nie zuvor gesehen; und der Riese war sehr traurig.

Jeden Nachmittag, wenn die Schule aus war, kamen die Kinder und spielten mit dem Riesen. Der kleine Junge jedoch, den der Riese liebte, wurde nie wieder gesehen. Der Riese war sehr freundlich zu all den Kindern, aber er sehnte sich doch nach seinem ersten kleinen Freund und sprach oft von ihm. »Wie gern würde ich ihn wiedersehen!«, sagte er immer wieder.

Jahre vergingen, und der Riese wurde recht alt und schwach. Er konnte nicht mehr draußen spielen, und so saß er in einem riesigen Lehnstuhl, sah den Kindern bei ihren Spielen zu und bewunderte seinen Garten. »Ich habe viele schöne Blumen«, sagte er; »aber die schönsten Blumen von allen sind doch die Kinder.«

Eines Wintermorgens, als er sich eben ankleidete, sah er aus seinem Fenster. Inzwischen hasste er den Winter nicht mehr, denn er wusste, dass es bloß der schlummernde Frühling war und dass die Blumen sich ausruhten.

Plötzlich rieb er sich verwundert die Augen und schaute und schaute. Und wirklich war es ein zauberhafter Anblick. Im entlegensten Winkel des Gartens stand ein Baum, ganz mit lieblichen weißen Blüten bedeckt. Seine Äste waren ganz golden, und silberne Früchte hingen von ihnen herab, und darunter stand der kleine Junge, den er geliebt hatte.

Voll höchster Freude lief der Riese die Treppe hinab und hinaus in den Garten. Er eilte über den Rasen und gelangte in die Nähe des Kindes. Und als er ganz dicht bei ihm stand, rötete sich sein Gesicht vor Zorn, und er sagte: »Wer hat es gewagt, dich zu verwunden?« Denn auf den Handflächen des Kindes waren die Male von zwei Nägeln, und Male von zwei Nägeln waren an den kleinen Füßen.

»Wer hat es gewagt, dich zu verwunden?«, rief der Riese. »Sage es mir, dass ich mein großes Schwert nehme und ihn erschlage.«

»Nein!«, entgegnete das Kind. »Dies sind die Wundmale der Liebe.«

»Wer bist du?«, fragte der Riese, und eine sonderbare Scheu ergriff ihn, und er kniete nieder vor dem kleinen Kind.

Und das Kind lächelte den Riesen an und sprach zu ihm: »Einst hast du mich in deinem Garten spielen lassen, heute sollst du mit mir kommen in meinen Garten, der da ist das Paradies.«

Und als die Kinder an diesem Nachmittag herbeigesprungen kamen, da fanden sie den Riesen tot unter dem Baum liegen, über und über mit weißen Blüten bedeckt.

Ludwig Tieck

Des Lebens Überfluss

Der Mann stand jetzt immer früher auf als Clara; dann hörte sie ihn hämmern und sägen und fand die Stücke Holz vor dem Ofen zurechtgelegt, welche sie zum Einheizen brauchte. Sie verwunderte sich, dass dieses gespellte Holz seit einiger Zeit eine ganz andre Form, Farbe und andres Wesen hatte, als sie es bis dahin gewohnt war. Da sie indessen immer Vorrat fand, so unterließ sie jede Betrachtung, indem die Gespräche, Scherze und Erzählungen beim sogenannten Frühstück ihr viel wichtiger waren.

»Die Tage werden schon länger«, fing er an; »bald wird nun die Frühlingssonne auf das Dach da drüben scheinen.«

»Jawohl«, sagte sie, »und die Zeit wird nicht mehr fern sein, wo wir das Fenster wieder aufmachen, uns daran setzen und die frische Luft einatmen. Das war im vorigen Sommer gar so schön, als wir vom Park draußen sogar hier den Duft der Lindenblüte spürten.«

Sie holte zwei kleine Töpfchen herbei, die mit Erde gefüllt waren und in welchen sie Blumen aufzog. »Sieh!«, fuhr sie fort, »diese Hyazinthe und diese Tulpe kommen nun doch heraus, die wir schon verloren gaben. Wenn sie gedeihen, so will ich es als ein Orakel ansehen, dass sich auch unser Schicksal bald wiederum zum Bessern kehren wird.«

»Aber, Liebchen«, sagte er etwas empfindlich, »was geht uns denn ab? Haben wir nicht bis jetzt noch Überfluss an Feuer, Brot und Wasser? Das Wetter wird augenscheinlich milder, wir werden des Holzes weniger bedürfen, nachher kommt die Sommerwärme. Zu verkaufen haben wir freilich nichts mehr, aber es wird, es muss sich irgendein Weg auftun, auf welchem ich etwas verdienen kann. Bedenke nur unser Glück, dass keines von uns krank geworden ist, auch die alte Christine nicht.«

»Wer steht uns aber für die getreuste Dienerin?«, antwortete Clara; »ich habe sie nun seit so lange nicht gesehen; du fertigst sie jetzt immer des Morgens schon früh ab, wenn ich noch schlafe; du nimmst dann von ihr das eingekaufte Brot sowie den Wasserkrug. Ich weiß, dass sie oft für andre Familien arbeitet; alt ist sie, ihre Nahrung nur eine dürftige, wenn also ihre Schwäche zunimmt, so kann sie leicht erkranken. Warum ist sie nicht schon längst wieder einmal zu uns heraufgekommen?«

»Je nun«, sagte Heinrich nicht ohne einige Verlegenheit, welche Clara auch bemerkte und die ihr auffallen musste, »es wird sich wohl bald wieder eine Gelegenheit finden, warte nur noch einige Zeit.«

»Nein, Liebster!«, rief sie mit ihrer Lebhaftigkeit aus, »du willst mir etwas verbergen, es muss etwas vorgefallen sein. Du sollst mich nicht abhalten, ich will gleich selbst hinuntergehen, ob sie etwa in ihrem Kämmerchen ist, ob sie leidet, ob sie unzufrieden mit uns sein mag.«

»Du hast diese fatale Treppe schon seit so lange nicht betreten«, sagte Heinrich; »es ist finster draußen, du könntest fallen.«

»Nein«, rief sie, »du sollst mich nicht zurückhalten; die Treppe kenne ich; ich werde mich in der Finsternis schon zurechtfinden.«

»Da wir aber das Geländer verbraucht haben«, sagte Heinrich, »welches mir damals als ein Überfluss erschien, so fürchte ich jetzt, da du dich nicht anhalten kannst, dass du stolpern und stürzen könntest.«

»Die Stufen«, erwiderte sie, »sind mir bekannt genug, sie sind bequem, und ich werde sie noch oft betreten.«

»Diese Stufen«, sagte er mit einiger Feierlichkeit, »wirst du niemals wieder betreten!«

»Mann!«, rief sie aus und stellte sich gerade vor ihn hin, um ihm in die Augen zu sehen – »es ist nicht richtig hier im Hause; du magst reden, was du willst, ich laufe schnell hinab, um selber nach Christinen zu sehen.«

So wandte sie sich um, die Tür zu öffnen, er aber stand eilig auf und umschlang sie, indem er ausrief: »Kind, willst du mutwillig den Hals brechen?«

Da es nicht mehr zu verschweigen war, öffnete er selber die Tür; sie traten auf den Vorplatz, und indem sie weitergingen und der Gatte die Frau noch immer umfasst hielt, sah diese, dass keine Treppe mehr da war, die hinabführen sollte. Sie schlug verwundert in die Hände, bog sich hinüber und schaute hinab; dann kehrte sie um, und als sie wieder in der verschlossenen Stube waren, setzte sie sich nieder, um den Mann genau zu betrachten. Dieser hielt ihrem forschenden Auge ein so komisches Gesicht entgegen, dass sie in ein lautes Gelächter ausbrach. Hierauf ging sie nach dem Ofen, nahm eins der Hölzer in die Hände, betrachtete es genau von allen Seiten und sagte dann: »Ja, nun begreife ich freilich, warum die Heizstücke so ganz andre Statur hatten als die vorigen. Also die Treppe haben wir nun auch verbrannt!«

»Jawohl«, antwortete Heinrich jetzt ruhig und gefasst; »da du es nun einmal weißt, wirst du es ganz vernünftig finden. Ich begreife auch nicht, warum ich es dir bisher verschwiegen habe. Sei man auch noch so sehr alle Vorurteile los, so bleibt irgendwo doch noch ein Stückchen hangen, und eine falsche Scham, die im Grunde kindisch ist! Denn erstlich warst du das Wesen in der Welt, das mir am vertrautesten ist; zweitens das einzige, denn mein Sechzehntel-Umgang mit der alten Christine ist nicht zu rechnen; drittens war der Winter immer noch hart und kein andres Holz aufzutreiben; viertens war die Schonung fast lächerlich, da das allerbeste, härteste, ausgetrocknete, brauchbarste dicht vor unsern Füßen lag; fünftens brauchten wir die Treppe gar nicht, und sechstens ist sie schon, bis auf wenige Reliquien, ganz verbrannt. Du glaubst aber nicht, wie schlecht sich diese alten, ausgebogenen, widerspenstigen Stufen sägen und zersplittern ließen. Sie haben mich so warm gemacht, dass mir die Stube oft nachher zu heiß dünkte.«

»Aber Christine?«, fragte sie.

»O die ist ganz gesund«, anwortete der Mann. »Alle Morgen lasse ich ihr einen Strick hinunter, woran sie dann ihr Körbchen bindet; das zieh ich herauf und nachher den Wasserkrug, und so geht unsre Haushaltung ganz ordentlich und friedlich. – Als unser schönes Treppengeländer sich zum Ende neigte und immer noch keine warme Luft eintreten wollte, sann ich nach, und es fiel mir ein, dass unsre Treppe recht gut die Hälfte ihrer Stufen hergeben könnte; denn es war doch nur ein Luxus, ein Überfluss, so gut wie die dicke Lehne, dass der Stufen bloß der Bequemlichkeit wegen so viele waren. Schritt man höher aus, wie man in manchen Häusern muss, so konnte der Treppenmaschinist mit der Hälfte ausreichen. Mit Christinens Hülfe, die mit ihrem philosophischen Geiste sogleich die Richtigkeit meiner Behauptung einsah, brach ich nun die unterste Stufe los, dann, indem sie mir nachschritt, die dritte, fünfte und so fort. Unser Grabstichel nahm sich, als wir diese Filigranarbeit geendigt hatten, recht gut aus. Ich sägte, zerschnitt, und du heiztest in deiner Arglosigkeit mit den Stufen ebenso geschickt und wirksam, als du es vordem mit dem Geländer getan hattest. Aber unserer durchbrochenen Arbeit drohte von der unermüdlichen Winterkälte ein neuer Angriff. Was war diese ehemalige Treppe überhaupt noch als eine Art von Kohlenbergwerk, eine Grube, die ihre Steinkohlen jetzt lieber ganz und auf einmal zutage fördern konnte? Ich stieg demnach in den Schacht hinab und rief die alte, verständige Christine. Ohne nur zu fragen, teilte sie gleich meine Ansicht; sie stand unten, ich brach mit großer Anstrengung, da sie mir nicht helfen konnte, die zweite Stufe los. Als ich diese der vierten anvertraut hatte, reichte ich der guten Alten den Abgrund hinunter die Hand zum ewigen Abschied; denn diese ehemalige Treppe sollte uns nun niemals wieder verknüpfen oder zueinander führen. So zerstörte ich sie denn nicht ohne Mühsal am Ende völlig, immer die geretteten Tritte oder Stufen nach den übrigen noch vorhandenen obern Stufen hinaufführrend. Jetzt hast du das vollendete Werk angestaunt, mein herziges Kind, und siehst nun wohl ein, dass wir uns zurzeit noch mehr als sonst selbst genügen müssen. Denn wie möchte es doch eine Kaffeegesellschaft anfangen, mit ihren Nachrichten hier zu dir hinaufzudringen? Nein, ich bin dir, du bist mir genug; der Frühling kommt, du stellst deine Tulpe und Hyazinthe an das Fenster, und wir sitzen hier,

›Wo uns die Gärten der Semiramis
Auf zu den Wolken steigenden Terrassen,
In bunter Sommerpracht entgegenlachen
Mit dem Geplätscher ihrer spielenden Brunnen!
Den langen Sommer durch soll dort auf uns
Ein paradiesisch Liebesleben taun!
Dort auf der höchsten der Terrassen will ich,
Von dunkel glühnden Rosen überlaubt,
An deiner Seite sitzen, uns zu Füßen
Die heißbesonnten Dächer Babylons. –‹

Ich glaube, unser Freund Uechtritz hat das ganz eigen auf unsern Zustand hier gedichtet. Denn, sieh nur, dort sind die heißbesonnten Dächer, wenn nämlich erst die Sonne im Julius wieder scheinen wird, wie wir doch hoffen dürfen. Ist nun erst deine Tulpe und Hyazinthe in Blüte geraten, so haben wir hier wirklich und anschaulich die fabelhaften hängenden Gärten der Semiramis, und noch viel wunderbarer als jene; denn wer nicht Flügel hat, kann gar nicht hieher zu ihnen gelangen, wenn wir ihm nicht hülfreiche Hand bieten und etwa eine Strickleiter präparieren.«

»Wir leben eigentlich«, erwiderte sie, »ein Märchen, leben so wunderlich, wie es nur in der Tausendundeinen Nacht geschildert werden kann. Aber wie soll das in der Zukunft werden; denn diese sogenannte Zukunft rückt doch irgend einmal in unsre Gegenwart hinein.«

»Sieh, herzlichstes Herz«, sagte der Mann, »wie du nun wieder von uns beiden die Prosaische bist. Um Michaelis reisete unser alter, grämlicher Hauswirt nach jener entfernten Stadt, um bei seinem Doktorfreunde Hülfe oder Erleichterung für sein Podagra zu suchen. Wir waren damals so unermesslich reich, dass wir ihm nicht nur die vierteljährliche Miete, sondern sogar die Vorausbezahlung bis Ostern geben konnten, was er mit schmunzelndem Danke annahm. Von ihm haben wir also bis nach Ostern wenigstens nichts zu besorgen. Der eigentliche, strenge Winter ist bereits vorüber, Holz werden wir nicht mehr viel brauchen, und im äußersten Fall sind uns immer noch die vier Stufen zum Boden hinauf übrig, und unsre Zukunft schläft dort noch sicher in mancher alten Tür, den Brettern des Fußbodens, den Bodenluken und manchen Utensilien. Darum getrost, meine Liebe, und lass uns recht heiter des Glückes genießen, dass wir hier von aller Welt so völlig abgetrennt sind, von keinem Menschen abhängig und keines Menschen bedürftig. So ganz eine Lage, wie der weise Mann sie sich immer gewünscht hat und wie nur wenige und Seltene glücklich genug sind, sich aneignen zu können.« – –

Aber es kam dennoch anders, als er vorausgesetzt hatte. Als sie am nämlichen Tage kaum ihre dürftige Mahlzeit beschlossen hatten, fuhr ein Wagen vor das kleine Haus. Man hörte das Rasseln der Räder, das Anhalten des Fuhrwerks, das Aussteigen von Personen. Das seltsam vorgebaute Dach hinderte freilich die beiden Eheleute, zu erfahren, wer oder was die Ankommenden sein möchten. Es wurde abgepackt, so viel konnten sie vernehmen, und den Gatten überschlich jetzt die bängliche Vermutung, dass es denn doch wohl der grämliche Hausherr sein könne, der früher, als man berechnet, den Anfall des Podagra möchte überstanden haben.

Es war deutlich zu hören, der Angekommene richtete sich unten ein, und so konnte kein Zweifel bleiben, wer er sei. Koffer wurden abgepackt und in das Haus geschafft, verschiedene

Stimmen redeten durcheinander, man begrüßte sich mit den Nachbarn. Es war ausgemacht, Heinrich würde noch heut einen Kampf zu bestehen haben. Er horchte misstrauisch hinunter und blieb an der nur angelehnten Tür stehen. Clara sah ihn mit einem fragenden Blick an; er aber schüttelte lächelnd mit dem Kopfe und blieb stumm. Unten wurde alles ganz still; der Alte hatte sich in sein Zimmer zurückgezogen.

Heinrich setzte sich zu Clara hin und sagte mit etwas unterdrückter Stimme: »Es ist in der Tat verdrüßlich, dass nur sehr wenige Menschen so viel Phantasie wie der große Don Quixote besitzen. Als man diesem sein Bücherzimmer vermauert hatte und ihm erklärte, ein Zauberer habe ihm nicht nur seine Bibliothek, sondern auch die ganze Stube zugleich hinweggeführt, so begriff er sogleich, ohne nur zu zweifeln, die ganze Sache. Er war nicht so prosaisch, sich zu erkundigen, wo denn ein so ganz abstraktes Ding, wie der Raum, hingekommen sei. Was ist Raum? Ein Unbedingtes, ein Nichts, eine Form der Anschauung. Was ist eine Treppe? Ein Bedingtes, aber nichts weniger als ein selbständiges Wesen, eine Vermittelung, eine Veranlassung, von unten nach oben zu gelangen, und wie relativ sind selbst diese Begriffe von oben und unten. Der Alte wird es sich nimmermehr ausreden lassen, dass dort, wo jetzt nur eine Lücke ist, ehemals eine Treppe gestanden habe; er ist gewiss zu empirisch und rationalistisch, um einzusehen, dass der wahre Mensch und die tiefere Intuition der gewöhnlichen Übergänge jener armseligen, prosaischen Approximation einer so gemeinen Stufenleiter der Begriffe nicht bedarf. Wie soll ich ihm das alles von meinem höhern Standpunkte auf seinem niedern da unten deutlich machen? Er will sich auf die alte Erfahrung des Geländers stützen und zugleich gemächlich eine Staffel nach der andern zur Höhe des Verständnisses abschreiten, und er wird unsrer unmittelbaren Anschauung niemals folgen können, die wir unter uns alle diese trivialen Erfahrungs- oder Ergehungssätze abgebrochen und dem reinsten Erkennen nach alter Parsenlehre durch die reinigende und erwärmende Flamme geopfert haben.«

»Ja, ja«, sagte Clara lächelnd, »phantasiere und witzle nur; das ist der wahre Humor der Ängstlichkeit.«

»Niemals«, fuhr er fort, »will das Ideal unsrer Anschauung mit der trüben Wirklichkeit ganz aufgehen. Die gemeine Ansicht, das Irdische will immerdar das Geistige unterjochen und beherrschen. –«

»Still!« sagte Clara, »unten rührt es sich wieder.« Heinrich stellte sich wieder an seine Tür und öffnete sie ein wenig. »Ich muss doch einmal meine lieben Mietsleute besuchen«, sagte man unten ganz deutlich; »ich hoffe, die Frau ist noch ebenso hübsch, und die beiden Leutchen sind noch so gesund und heiter wie sonst.« – »Jetzt wird er«, sagte Heinrich leise, »an das Problem geraten.«

Eine Pause. Der Alte tappte unten in der Dämmerung umher. »Was ist denn das?«, hörte man ihn sagen; »wie bin ich denn in meinem eignen Hause so fremd geworden? Hier nicht – da nicht – was ist denn das? – Ulrich! Ulrich, hilf mir doch einmal zurecht.«

Der alte Diener, der in seiner kleinen Wirtschaft alles in allem war, kam aus der Kammer herbei. »Hilf mir doch einmal die Treppe hinauf«, sagte der Hauswirt, »ich bin ja wie verhext und verbündet, ich kann die großen, breiten Stufen nicht finden. Was ist denn das?«

»Nun, kommen Sie nur, Herr Emmerich«, sagte der mürrische Hausknecht, »Sie sind noch vom Fahren etwas duselig.«

»Der da«, bemerkte Heinrich oben, »gerät auf eine Hypothese, die ihm nicht standhalten wird.«

»Schwerenot!«, schrie Ulrich, »ich habe mir hier den Kopf zerstoßen; ich bin ja auch wie verdummt; es ist fast, als wenn uns das Haus nicht leiden wollte.«

»Er will es sich«, sagte Heinrich, »durch das Wunderbare erklären; so tief liegt in uns der Hang zum Aberglauben.«

»Ich fasse rechts, ich fasse links«, sagte der Hausbesitzer, »ich greife nach oben – ich glaube beinah, der Teufel hat die ganze Treppe geholt.«

»Fast«, sagte Heinrich, »die Wiederholung aus dem Don Quixote; sein Untersuchungsgeist wird sich aber damit nicht zufriedengeben; es ist im Grunde auch falsche Hypothese, und der sogenannte Teufel wird oft nur eingeschoben, weil wir eine Sache nicht begreifen, oder was wir begreifen, uns in Zorn versetzt.«

Man hörte unten nur murmeln, leise fluchen, und der verständige Ulrich war still fortgegangen, um ein brennendes Licht zu holen. Dieses hielt er jetzt mit starker Faust empor und leuchtete in den leeren Raum hinein. Emmerich blickte verwundernd hinauf, stand eine Weile mit aufgesperrtem Munde, starr vor Schrecken und Erstaunen, und schrie dann mit den lautesten Tönen, deren seine Lunge fähig war: »Donnerwetter noch einmal! Das ist mir ja eine verfluchte Bescherung! Herr Brand! Herr Brand da oben!«

Jetzt half kein Verleugnen mehr, Heinrich ging hinaus, beugte sich über den Abgrund und sah beim ungewissen Schein des flackernden Lichtes die beiden dämonischen Gestalten in der Dämmerung des Hausflurs. »Ach! wertgeschätzter Herr Emmerich«, rief er freundlich hinab, »sei'n Sie uns willkommen; es ist ein schönes Zeichen Ihres Wohlseins, dass Sie früher ankommen, als Sie es sich vorgesetzt hatten. Es freut mich, Sie so gesund zu sehen.«

»Gehorsamer Diener!«, antwortete jener – »aber davon ist hier die Rede nicht. Herr! wo ist meine Treppe geblieben?«

»Ihre Treppe, verehrter Herr?«, erwiderte Heinrich; »was gehn mich denn Ihre Sachen an. Haben Sie sie mir bei Ihrer Abreise aufzuheben gegeben?«

»Stellen Sie sich nicht so dumm«, schrie jener – »wo ist die Treppe hier geblieben? Meine große, schöne, solide Treppe?«

»War hier eine Treppe?«, fragte Heinrich; »ja, mein Freund,

ich komme so wenig oder vielmehr gar nicht aus, dass ich von allem, was nicht in meinem Zimmer vorgeht, gar keine Notiz nehme. Ich studiere und arbeite und kümmre mich um alles andre gar nicht.«

»Wir sprechen uns, Herr Brand«, rief jener, »die Bosheit erstickt mir die Zunge und Rede; aber wir sprechen uns noch ganz anders! Sie sind der einzige Hausbewohner; vor Gericht werden Sie mir schon melden müssen, was dieser Handel zu bedeuten hat.«

»Sei'n Sie nicht so böse«, sagte Heinrich jetzt; »wenn Ihnen an der Geschichtserzählung etwas liegt, so kann ich Ihnen auch schon jetzt damit dienen; denn allerdings erinnre ich mich jetzt, dass vormals hier eine Treppe war, auch bin ich nun eingeständig, dass ich sie verbraucht habe.«

»Verbraucht?«, schrie der Alte und stampfte mit den Füßen; »meine Treppe? Sie reißen mir mein Haus ein?«

»Bewahre«, sagte Heinrich, »Sie übertreiben in der Leidenschaft; Ihr Zimmer unten ist unbeschädigt, so steht das unsre hier oben blank und unberührt, nur diese arme Leiter für Emporkömmlinge, diese Unterstützungsanstalt für schwache Beine, dieses Hülfsmittel und diese Eselsbrücke für langweilige Besuche und schlechte Menschen, diese Verbindung für lästige Eindringlinge, diese ist durch meine Anstalt und Bemühung, ja schwere Anstrengung allerdings verschwunden.«

»Aber diese Treppe«, schrie Emmerich hinauf, »mit ihrer kostbaren, unverwüstlichen Lehne, mit diesem eichenen Geländer, diese zweiundzwanzig breiten, starken, eichenen Stufen waren ja ein integrierender Teil meines Hauses. Habe ich noch, so alt ich bin, von einem Mietsmann gehört, der die Treppen im Hause verbraucht, als wenn es Hobelspäne oder Fidibus wären?«

»Ich wollte, Sie setzten sich«, sagte Heinrich, »und hörten mich ruhig an. Diese Ihre zweiundzwanzig Stufen lief oft ein heilloser Mensch herauf, der mir ein kostbares Manuskript abschwatzte, es drucken wollte, sich dann für bankrott erklärte und auf und davon ging. Ein andrer Buchhändler stieg unermüdet diese Ihre eichenen Stufen hinauf und stützte sich dabei immer auf jenes starke Geländer, um sich den Gang bequemer zu machen; er ging und kam und kam und ging, bis er, meine Verlegenheit grausam benutzend, mir die erste kostbare Edition meines Chaucer abdrang, die er für mehr als einen Spottpreis, für einen wahren Schandpreis, in seinen Armen davontrug. Oh, mein Herr, wenn man solche bittre Erfahrungen macht, so kann man wahrlich eine Treppe nicht liebgewinnen, die es solchen Gesellen so übermäßig erleichtert, in die obern Etagen zu dringen.«

»Das sind ja verfluchte Gesinnungen«, schrie Emmerich.

»Bleiben Sie gelassen«, sprach Heinrich etwas lauter hinunter. »Sie wollten ja den Zusammenhang der Sache erfahren. Ich war betrogen und hintergangen; so groß unser Europa ist, Asien und Amerika nicht einmal zu rechnen, so erhielt ich doch von nirgendher Rimessen, es war, als wenn alle Kredite sich erschöpft hätten und alle Banken leer geworden wären. Der überharte, unbarmherzige Winter forderte Holz zum Einheizen; ich hatte aber kein Geld, um es auf dem gewöhnlichen Wege einzukaufen. So verfiel ich denn auf diese Anleihe, die man nicht einmal eine gezwungene nennen kann. Dabei glaubte ich nicht, dass Sie, geehrter Herr, vor den warmen Sommertagen wiederkommen würden.«

»Unsinn!«, sagte jener, »glaubten Sie denn, Armseliger, dass meine Treppe bei der Wärme wie der Spargel von selbst wieder herauswachsen würde?«

»Ich kenne die Natur eines Treppengewächses zu wenig, wie ich auch von Tropenpflanzen nur geringe Kenntnisse habe, um das behaupten zu mögen«, antwortete Heinrich. »Ich brauchte indes das Holz höchst nötig, und da ich gar nicht ausging, meine Frau ebenso wenig, auch kein Mensch zu mir kam, weil bei mir nichts mehr zu gewinnen war, so gehörte diese Treppe durchaus zu den Überflüssigkeiten des Lebens, zum leeren Luxus, zu den unnützen Erfindungen. Ist es, wie so viele Weltweise behaupten, edel, seine Bedürfnisse einzuschränken, sich selbst zu genügen, so hat dieser für mich völlig unnütze Anbau mich vor dem Erfrieren gerettet. Haben Sie niemals gelesen, wie Diogenes seinen hölzernen Becher wegwarf, als er gesehen, wie ein Bauer Wasser mit der hohlen Hand schöpfte und so trank?« –

»Sie führen aberwitzige Reden, Mann«, erwiderte Emmerich; »ich sah einen Kerl, der hielt die Schnauze gleich an das Rohr und trank so Wasser; somit hätte sich Ihr Mosje Diogenes auch noch die Hand abhauen können. Aber, Ulrich, lauf mal gleich zur Polizei; das Ding muss einen andern Haken kriegen.« –

»Übereilen Sie sich nicht«, rief Heinrich, »Sie müssen einsehen, dass ich Ihr Haus durch diese Hinwegnahme wesentlich verbessert habe.«

Emmerich, der schon nach der Haustür ging, kehrte wieder um. »Verbessert?«, schrie er in höchster Bosheit; »nun, das wäre mir denn doch etwas ganz Neues!«

»Die Sache ist jedoch ganz einfach«, erwiderte ihm Heinrich, »und jeder kann sie einsehen. Nicht wahr, Ihr Haus steht nicht in der Feuerkasse? Nun hatte ich zeither böse Träume von Brandunglück, auch fielen Häuserbrände hier in der Nachbarschaft vor; ich hatte eine ganz bestimmte Ahndung, ja ich möchte es ein Vorauswissen nennen, dass unser Haus hier dasselbe Unglück betreffen würde. Gibt es nun wohl (das frage ich jeden Bauverständigen) etwas Ungeschickteres als eine hölzerne Treppe? Die Polizei sollte dergleichen gefährliches Bauwerk gradezu verbieten. Sooft ein Feuer auskommt, so ist in allen Städten, wo dieser Missbrauch noch stattfindet, immer die hölzerne Treppe das allergrößte Unheil. Sie leitet das Feuer nicht nur in alle Stockwerke, sondern macht auch oft die Rettung der Menschen unmöglich. Da ich nun gewiss wusste, dass binnen kurzem hier oder in der Nachbarschaft Feuer auskommen würde, so habe ich mit vieler Mühe und saurem Schweiß diese elende, verderbliche

Treppe mit eignen Händen weggebrochen, um das Unglück und den Schaden so viel als möglich zu mildern. Und darum hatte ich sogar auf Ihren Dank gerechnet.«

»So?«, rief Emmerich hinauf; »wäre ich länger ausgeblieben, so hätte mir der saubre Herr wohl aus eben den spitzigen Gründen mein ganzes Haus verbraucht. Verbraucht! Als wenn man Häuser so verbrauchen dürfte! Aber wart, Patron! – Ist die Polizei da?«, fragte er den wiederkehrenden Ulrich.

»Wir legen«, rief Heinrich hinab, »eine große, steinerne Treppe, und Ihr Palais, geehrter Mann, gewinnt dadurch ebenso sehr wie die Stadt und der Staat.«

»Mit der Windbeutelei soll es bald zu Ende sein«, antwortete Emmerich und wendete sich sogleich an den Führer, der mit verschiedenen Gehülfen der Polizei herbeigekommen war.

»Mein Herr Inspektor«, sagte er, sich zu diesem wendend, »haben Sie je von dergleichen Attentat gehört? Mir aus meinem Hause die große, schöne Treppe wegzubrechen und sie als Klafterholz im Ofen während meiner Abwesenheit zu verbrennen!«

»Das wird in die Stadtchronik kommen«, erwiderte der Anführer trotzig, »und der saubere Patron, der Treppenräuber, in das Zuchthaus oder auf die Festung. Das ist schlimmer als Einbruch! Den Schaden muss er außerdem noch ersetzen. Kommen Sie nur herunter, Herr Missetäter!«

»Niemals«, sagte Heinrich; »wohl hat der Engländer ein Recht, sein Haus ein Kastell zu nennen, und meines hier ist ganz unzugänglich und unüberwindlich; denn ich habe die Zugbrücke aufgezogen.«

»Dem lässt sich abhelfen!«, rief der Anführer. »Leute, schafft mal eine große Feuerleiter herbei; so steigt ihr dann hinauf und schleppt, wenn er sich wehren sollte, den Verbrecher mit Stricken gebunden herunter, um ihn seiner Strafe zu überliefern.«

Jetzt hatte sich das Haus unten schon mit Leuten aus der Nachbarschaft gefüllt; Männer, Weiber und Kinder hatte der Tumult herbeigelockt, und viele Neugierige standen auf der Gasse, um zu erforschen, was hier vorgehe, und zu sehen, was aus dem Handel sich ergeben werde. Clara hatte sich an das Fenster gesetzt und war verlegen, doch hatte sie ihre Fassung behalten, da sie sah, dass ihr Gatte so heiter blieb und sich die Sache nur wenig anfechten ließ. Doch begriff sie nicht, wie es endigen werde. Heinrich aber kam jetzt einen Augenblick zu ihr herein, um sie zu trösten und etwas aus der Stube zu holen. Er sagte: »Clara, schau, wir sind jetzt ebenso eingeschlossen wie unser Götz in seinem Jagsthausen; der widerwärtige Trompeter hat mich auch schon aufgefordert, mich auf Gnade und Ungnade zu ergeben, und ich werde ihm jetzt Antwort sagen, aber bescheidentlich, nicht wie mein großes Vorbild von damals.« Clara lächelte ihm freundlich zu und sagte nur die wenigen Worte: »Dein Schicksal ist das meinige; ich glaube aber doch, dass, wenn mein Vater mich jetzt sähe, er mir verzeihen würde.«

Heinrich ging wieder hinaus, und als er sah, dass man wirklich eine Leiter herbeischleppen wollte, sagte er mit feierlichem Ton: »Meine Herren, bedenken Sie, was Sie tun, ich bin seit Wochen schon auf alles, auf das Äußerste gefasst, ich werde mich nicht gefangengeben, sondern mich bis auf den letzten Blutstropfen verteidigen. Hier bringe ich zwei Doppelflinten, beide scharf geladen, und noch mehr, diese alte Kanone, ein gefährliches Feldstück voller Kartätschen und gehacktem Blei, zerstoßenem Glas und derlei Ingredienzen. Pulver, Kugeln, Kartätschen, Blei, alles Nötige ist im Zimmer aufgehäuft; während ich schieße, ladet meine tapfere Frau, die als Jägerin wohl damit umzugehen weiß, die Stücke aufs Neue, und so rücken Sie denn an, wenn Sie Blut vergießen wollen.«

»Das ist ja ein Erzsakermenter«, sagte der Polizeianführer, »ein solcher resoluter Verbrecher ist mir seit lange nicht vor die Augen gekommen. Wie mag er nur aussehen; denn man kann in diesem dunkeln Neste keinen Stich sehen.«

Heinrich hatte zwei Stäbe und einen alten Stiefel auf den Boden niedergelegt, die ihm für Kanone und Doppelflinten gelten mussten. Der Polizeimann winkte, dass sich die Leiter wieder entfernen solle; »hier ist wohl der beste Rat, Herr Emmerich«, setzte er dann hinzu, »dass wir den ungeratenen Abällino aushungern; so muss er sich uns ergeben.«

»Weit gefehlt!«, rief Heinrich mit heiterer Stimme hinab; »auf Monate sind wir mit getrocknetem Obst, Pflaumen, Birnen, Äpfeln und Schiffszwieback versehen; der Winter ist ziemlich vorüber, und sollte es uns an Holz gebrechen, so ist oben noch die Bodenkammer; da finden sich alte Türen, überflüssige Dielen, selbst vom Dachstuhle kann gewiss manches als entbehrlich losgebrochen werden.«

»Hören Sie den Heidenkerl!«, rief Emmerich; »erst reißt er mir unten mein Haus ein, nun will er sich auch noch oben an das Dach machen.«

»Es ist über die Beispiele«, sagte der Polizeiwächter. Viele von den Neugierigen freuten sich über Heinrichs Entschlossenheit, weil sie dem geizigen Hausbesitzer dieses Ärgernis gönnten. »Sollen wir das Militär kommen lassen, auch mit geladenen Flinten?«

»Nein! Herr Inspektor, um des Himmels willen nicht; darüber würde mir am Ende mein Häuschen in Grund und Boden geschossen, und ich hätte das leere Nachsehen, wenn wir den Rebellen auch endlich bezwungen hätten.«

»Richtig«, sagte Heinrich, »und haben Sie nebenher vergessen, was seit vielen Jahren in allen Zeitungen steht? Der erste Kanonenschuss, er falle, wo er wolle, wird ganz Europa in Aufruhr setzen. Wollen Sie nun, Herr Polizeimann, die ungeheure Verantwortung auf sich nehmen, dass aus dieser Hütte, der engsten und finstersten Gasse der kleinen Vorstadt, die ungeheure europäische Revolution sich herauswickeln soll? Was würde die Nachwelt von Ihnen denken? Wie könnten Sie diesen Leichtsinn vor Gott und Ihrem Könige verantworten? Und doch sehen Sie hier schon die geladene Kanone liegen, welche die Umwandlung des ganzen Jahrhunderts herbeiführen kann.«

»Er ist ein Demagog und Carbonari«, sagte der Polizeianführer, »das hört man nun wohl an seinen Reden. Er steckt in den verbotenen Gesellschaften und rechnet in seiner Frechheit auf auswärtige Hülfe. Möglich, dass unter diesem lärmenden und gaffenden Haufen schon viele seiner Gesellen verkleidet lauern, die nur auf unsern Angriff warten, um uns dann mit ihrem Mordgewehr in den Rücken zu fallen.«

Als diese Müßiggänger erlauschten, dass die Polizei sich vor ihnen fürchte, erhoben sie in ihrer Schadenfreude ein lautes Geschrei, die Verwirrung vermehrte sich, und Heinrich rief seiner Gattin zu: »Bleibe heiter, wir gewinnen Zeit und können gewiss kapitulieren, wenn nicht vielleicht gar ein *Sickingen* kommt, uns zu erlösen.«

»Der König, der König!«, hörte man jetzt von der Straße her das laute Geschrei. Alles sprang zurück und durcheinander; denn eine glänzende Equipage suchte sich in der engen Gasse Bahn zu machen. Livreebedienten in betressten Kleidern standen hinten auf, ein glänzender, geschickter Kutscher lenkte die Rosse, und aus dem Wagen stieg ein prächtig gekleideter Herr mit Orden und Stern.

»Wohnt hier nicht ein Herr Brand?«, fragte der vornehme Mann; »und was hat dieser Auflauf zu bedeuten?«

»Sie wollen da drin, Ew. Durchlaucht«, sagte ein kleiner Krämer, »eine neue Revolution anfangen, und die Polizei ist dahintergekommen; es wird auch gleich ein Regiment von der Garde einrücken, weil sich die Rebellen nicht ergeben wollen.«

»Es ist halt eine Sekte, Exzellenz«, rief ein Obsthöker; »sie wollen als gottlos und überflüssig alle Treppen abschaffen.«

»Nein, nein!«, schrie eine Frau dazwischen, »er soll vom heiligen Sänkt Simon abstammen, der Empörer; alles Holz, sagt er, und alles Eigentum soll gemeinschaftlich sein, und die Feuerleiter haben sie schon geholt, um ihn gefangenzunehmen.«

Es war dem Fremden schwer, in die Tür des Hauses zu gelangen, obgleich ihm alles Platz machen wollte. Der alte Emmerich trat ihm entgegen und berichtete auf Nachfrage mit vieler Höflichkeit die Lage der Dinge, und wie man noch nicht einig sei, auf welche Weise man des großen Verbrechers habhaft werden könne. Der Fremde schritt jetzt tiefer in den dunklen Hausflur hinein und rief mit lauter Stimme: »Wohnt denn hier wirklich ein Herr Brand?«

»Jawohl«, sagte Heinrich; »wer ist da unten Neues, der nach mir fragt?«

»Die Leiter her!«, sagte der Fremde, »dass ich hinaufsteigen kann.«

»Das werde ich jedem unmöglich machen«, rief Heinrich; »es hat kein Fremder hier oben bei mir etwas zu suchen, und keiner soll mich molestieren.«

»Wenn ich aber den Chaucer wiederbringe?«, rief der Fremde, »die Ausgabe von Caxton, mit dem beschriebenen Blatt des Herrn Brand?«

»Himmel!«, rief dieser, »ich mache Platz, der gute Engel, der Fremde, mag heraufkommen. – Clara!«, rief er seiner Frau fröhlich, aber mit einer Träne entgegen, »unser Sickingen ist wirklich angelangt!«

Der Fremde sprach mit dem Wirt und beruhigte ihn völlig, die Polizei ward entlassen und belohnt, am schwersten aber war es, das aufgeregte Volk zu entfernen; doch als endlich auch dies gelungen war, schleppte Ulrich die große Leiter herbei, und der vornehme Unbekannte stieg allein zur Wohnung des Freundes hinauf.

Lächelnd sah sich der Fremde im kleinen Zimmer um, begrüßte höflich die Frau und stürzte dann dem seltsam bewegten Heinrich in die Arme. Dieser konnte nur das eine Wort: »Mein Andreas!« hervorbringen. Clara sah nun ein, dass dieser rettende Engel jener Jugendfreund, der vielbesprochene Vandelmeer sei.

Sie erholten sich von der Freude, von der Überraschung. Das Geschick Heinrichs rührte Andreas tief; dann musste er über die seltsame Verlegenheit und die Aushülfe lachen, dann bewunderte er wieder die Schönheit Claras, und beide Freunde konnten es nicht müde werden, die Erinnerung jugendlicher Szenen wiederzubeleben und in diesen Gefühlen und Rührungen zu schwelgen.

»Aber nun lass uns auch vernünftig sprechen«, sagte Andreas. »Dein Kapital, welches du mir damals bei meiner Abreise anvertrautest, hat in Indien so gewuchert, dass du dich jetzt einen reichen Mann nennen kannst; du kannst also jetzt unabhängig leben, wie und wo du willst. In der Freude, dich bald wiederzusehen, stieg ich in London ans Land, weil ich dort einige Geldgeschäfte zu berichtigen hatte. Ich verfüge mich wieder zu meinem Bücherantiquar, um für deine Liebhaberei an Altertümern ein artiges Geschenk auszusuchen. Sieh da, sage ich zu mir selber, da hat ja jemand den Chaucer in demselben eigensinnigen Geschmack binden lassen, wie ich die Art damals für *dich* ersann. Ich nehme das Buch in die Hand und erschrecke, denn es ist das deinige. Nun wusste ich schon genug und zu viel von dir; denn nur Not hatte dich bewegen können, es wegzugeben, wenn es dir nicht gestohlen war. Zugleich fand ich, und zu unser beider Glück, ein Blatt von deiner Hand vorn beschrieben, in welchem du dich unglücklich und elend nanntest, mit dem Namen ›Brand‹ unterzeichnetest und Stadt, Gasse und Wohnung anzeigtest. Wie hätte ich, bei deinem veränderten Namen, bei deiner Verdunklung, dich jemals auffinden können, wenn dieses liebe, teure Buch dich mir nicht verraten hätte. So empfange es denn zurück zum zweiten Male und halte es in Ehren, denn dies Buch ist wunderbarerweise die Treppe, die uns wieder zueinander geführt hat. – Ich kürze in London meinen Aufenthalt ab, ich eile hieher – und erfahre vom Gesandten, der seit acht Wochen schon von seinem Monarchen hiehergeschickt ist, dass du seine Tochter entführt hast.«

»Mein Vater hier?«, rief Clara erblassend.

»Ja, meine gnädige Frau«, fuhr Vandelmeer fort, »aber erschrecken Sie nicht; noch weiß er es nicht, dass Sie sich in dieser Stadt befinden. – Der alte Mann bereut jetzt seine Härte, er klagt sich selber an und ist untröstlich, dass er jede Spur von seiner Tochter verloren hat. Längst hat er ihr verziehen, und mit Rührung erzählte er mir, dass du völlig verschollen seist, dass er trotz aller eifrigen Nachforschung nirgend eine Spur von dir habe entdecken können. – Es ist nur begreiflich, Freund, wenn man sieht, wie du, fast wie ein thebaischer Einsiedler oder wie jener Simeon Stylites, zurückgezogen gelebt hast, dass keine Nachricht, keine Zeitung zu dir gedrungen ist, um dir zu sagen, dass dein Schwiegervater dir ganz nahe lebt, und wie froh bin ich, dass ich hinzusetzen kann, dir versöhnt. Ich komme eben von ihm her, aber ohne ihm gesagt zu haben, dass ich die fast gewisse Hoffnung hegte, dich heut noch zu sehn. Er wünscht, wenn du dich mit der Tochter wiederfindest, dass du auf seinen Gütern lebst, da du gewiss selbst nicht in deine frühere Karriere zurücktreten möchtest.«

Alles war Freude. Den beiden Eheleuten war die Aussicht, wieder anständig und in behaglicher Wohlhabenheit zu leben, wie dem Kinde die Weihnachtbescherung. Gern ließen sie die notgedrungene Philosophie der Armut fahren, deren Trost und Bitterkeit sie bis auf den letzten Tropfen ausgekostet hatten.

Vandelmeer führte sie in der Kutsche erst nach seiner Wohnung, wo man sogleich für anständige Kleider sorgte, um sich in diesen dem versöhnten Vater vorzustellen. Dass die alte, getreue Christine nicht vergessen wurde, bedarf wohl keiner Erinnerung. Sie war in ihrer Art ebenso glücklich wie ihre Herrschaft.

Nun sah man in der kleinen Gasse Maurer, Zimmerleute und Tischler tätig. Lachend führte der alte Emmerich die Aufsicht über diese Wiederherstellung und den Bau seiner neuen Treppe, die, ungeachtet der Anmahnungen Heinrichs, doch wieder eine hölzerne war. Sein Verlust war ihm so reichlich und großmütig vergütet worden, dass der alte Geldsammler sich oft fröhlich die Hände rieb und gern wieder einen abenteuerlichen Mietsmann ähnlicher Gesinnung in seine Wohnung genommen hätte. – –

Nach drei Jahren empfing der alte Zusammengekrümmte mit vielen verlegnen Scharrfüßen und übertriebenen Verbeugungen eine vornehme Herrschaft, die in einer reichen Equipage ankam und die er selber die neue Treppe in das kleine Quartier hinaufführte, das jetzt ein armer Buchbinder bewohnte. Claras Vater war gestorben, sie war mit ihrem Gatten von den fernen Gütern hereingekommen, um den Verscheidenden noch einmal zu sehen und seinen Segen zu empfangen. Arm in Arm standen sie jetzt am kleinen Fenster, sahen wieder nach dem roten und braunen Dache hinüber und beobachteten wieder jene traurigen Feuermauern, in denen der Sonnenschein wie damals spielte. Diese Szene ihres vormaligen Elends und zugleich unendlichen Glücks rührte sie innigst. – Der Buchbinder war eben beschäftigt, die zweite Auflage jenes Werkes, was dem Verarmten gewissenlos war geraubt worden, für eine Lesebibliothek einzubinden. »Das ist ein sehr beliebtes Buch«, äußerte er bei seiner Arbeit, »und wird noch mehr Editionen erleben.«

»Unser Freund Vandelmeer erwartet uns«, sagte Heinrich und bestieg, nachdem er den Handwerker beschenkt hatte, mit der Gattin den Wagen. Beide sannen nach über den Inhalt des menschlichen Lebens, dessen Bedürfnis, Überfluss und Geheimnis. – –

Selma Lagerlöf

Die Legende vom Luciatag

Vor vielen hundert Jahren lebte im südlichen Värmland eine reiche und habgierige alte Frau, die Frau Rangela genannt wurde. Sie besaß an der schmalen Mündung der Bucht, die der Vänern tief ins Land schiebt, eine Burg, oder vielleicht sollten wir lieber von einem befestigten Hof sprechen. Dort hatte sie eine Brücke bauen lassen, die wie eine Zugbrücke über den engen Sund gesenkt werden konnte. Bei dieser Brücke hatte Frau Rangela eine Wache aus Knechten aufgestellt, und für Reisende, die den verlangten Wegzoll entrichteten, ließ die Wache sofort die Brücke herunter. Den anderen jedoch, die aus Armut oder aus irgendeinem anderen Grund nicht bezahlten, blieb die Brücke versperrt, und da es keine Fähre gab, mussten sie einen Umweg von vielen Meilen um die ganze Bucht herum machen.

Frau Rangelas Versuch, auf diese Weise den Reisenden ihr Geld abzunehmen, erregte großen Zorn, und sicher hätten die trotzigen Bauern, die ihre Nachbarn waren, sie schon längst gezwungen, ihnen freien Durchlass zu gewähren, wenn Frau Rangela nicht in Herrn Eskil von Börtsholm, dessen Ländereien an ihre grenzten, einen mächtigen Freund und Beschützer gehabt hätte. Dieser Herr Eskil, der eine echte Burg mit Mauern und Türmen bewohnte, der so reich war, dass seine gesamten Grundstücke eine ganze Provinz ausmachten, der gefolgt von sechzig bewaffneten Dienern durch das Land ritt und der noch dazu der vertraute Berater des Königs war, der war nicht nur ein guter Freund von Frau Rangela, sondern sie hatte ihn zudem zu ihrem Schwiegersohn machen können, und unter diesen Umständen war es nicht verwunderlich, dass niemand wagte, die gierige Dame bei ihren Unternehmungen zu stören.

Jahr um Jahr machte Frau Rangela unangefochten so weiter, bis ein Ereignis eintraf, das sie sehr beunruhigte. Ihre arme

Tochter starb ganz unerwartet, und Frau Rangela wusste ja, dass jemand wie Herr Eskil, mit acht minderjährigen Kindern und einer Hofhaltung, die sich mit der eines Königs vergleichen ließ, alsbald eine neue Ehe eingehen würde, zumal er noch kein alter Mann war. Aber wenn die neue Gattin Frau Rangela feindlich gesinnt wäre, würde das zu argen Unannehmlichkeiten führen. Für Frau Rangela war es fast wichtiger, mit der Herrin auf Börtsholm befreundet zu sein als mit deren Gatten, denn Herr Eskil, der allerlei wichtige Geschäfte zu versehen hatte, war immer wieder auf Reisen, und in diesen Zeiten schaltete und waltete seine Gattin in Haus und Hof.

Frau Rangela überlegte sich die Sache gut, und als die Beerdigung überstanden war, ritt sie eines Tages nach Börtsholm hinüber und suchte Herrn Eskil in seinem Privatgemach auf. Dort erinnerte sie ihn als erstes an seine acht Kinder und die Fürsorge, die diese benötigten, an seine zahllosen Dienstboten, die versorgt, ernährt und gekleidet werden mussten, an die Gastmahle, zu denen er, ohne zu zögern, auch Könige und Königssöhne einlud, an die großen Erträge, die er aus seinen Ländereien, seinen Feldern, seinen Jagdgründen, seinen Bienenstöcken, seinen Hopfenfeldern und seinen Teichen zog, welch reiche Ernte auf dem Herrenhof erwirtschaftet und verarbeitet werden musste, an alles, mit einem Wort, wofür seine Gattin verantwortlich gewesen war, und zeichnete damit ein überaus beängstigendes Bild der großen Schwierigkeiten, die ihm nach dem Verlust selbiger Gattin drohten.

Herr Eskil lauschte mit der Ehrerbietung, die man seiner Schwiegermutter schuldet, aber auch mit einer gewissen Unruhe. Er fürchtete, Frau Rangela wolle sich als Haushälterin auf Börtsholm anbieten, und er war sicher, dass diese alte Frau mit dem Doppelkinn und der Hakennase, der rauen Stimme und dem bäurischen Betragen für ihn durchaus keine angenehme Gesellschaft sein würde.

»Lieber Herr Eskil!«, sagte nun Frau Rangela, die sich über

diese mögliche Wirkung ihrer Rede durchaus im Klaren sein mochte. »Ich weiß, dass es Euch an Möglichkeiten zu einer überaus vortrefflichen Heirat nicht fehlt, aber ich weiß auch, dass Ihr reich genug seid, um mehr an das Wohlergehen Eurer Kinder zu denken als an Mitgift und Erbe, und deshalb wollte ich Euch vorschlagen, eine meiner jungen Nichten zur Nachfolgerin meiner Tochter zu machen.«

Herrn Eskils Miene hellte sich sichtlich auf, als er hörte, dass seine Schwiegermutter ihm eine junge Verwandte zuführen wollte, und Frau Rangela versuchte mit wachsender Zuversicht, ihn zu einer Heirat mit Lucia zu bewegen, der Tochter ihres Bruders, des Richters Sten Folkesson, die im kommenden Winter am Luciatag achtzehn Jahre alt sein würde. Die junge Lucia war bei den frommen Frauen im Kloster Riseberg erzogen worden und hatte dort nicht nur gute Sitten und strenge Gottesfurcht, sondern auch die Führung eines herrschaftlichen Haushaltes gelernt.

»Wenn Jugend und Armut ihr nicht im Wege stünden«, sagte Frau Rangela, »so müsstet Ihr Euch für sie entscheiden. Ich weiß, dass meine verstorbene Tochter ihr frohen Herzens die Fürsorge für ihre Kinder überlassen hätte. Sie braucht nicht aus dem Grab zu ihren Kleinen zurückzukehren, wie Frau Dyrit von Örehus, wenn Ihr die junge Lucia zur Stiefmutter ihrer Kleinen macht.«

Herr Eskil, der noch gar keine Zeit gehabt hatte, um über seine eigenen Angelegenheiten nachzudenken, war Frau Rangela überaus dankbar, als sie ihm eine so passende Heirat vorschlug. Er erbat sich zwar zwei Wochen Bedenkzeit, ernannte aber Frau Rangela schon am nächsten Tag zu seiner Brautwerberin. Und sobald es überhaupt möglich war, was Ausstattung, Hochzeitsvorbereitungen und Anstand betraf, wurde Hochzeit gefeiert, so dass die neue Herrin im zeitigen Frühling, einige Monate nach ihrem achtzehnten Geburtstag, ihren Einzug auf Börtsholm hielt.

Wenn Frau Rangela nun bedachte, welch großen Dank diese Nichte ihr schuldig war, da sie sie zur Herrin einer reichen und stattlichen Burg gemacht hatte, können wir uns vorstellen, dass sie sich noch sicherer fühlte als zu der Zeit, da ihre eigene Tochter dort regierte. In ihrer Freude erhöhte sie den Brückenzoll und untersagte den Nachbarn aufs strengste, die Reisenden im Boot über den Sund zu setzen, damit sich ja niemand der Zahlung entziehen konnte.

Es begab sich nun eines schönen Tages, als Frau Lucia seit einigen Monaten auf Börtsholm wohnte, dass eine Gruppe von kranken Pilgern auf dem Weg zur Dreifaltigkeitskirche von Sätra im Västmanland die Brücke überqueren wollte. Diese Menschen, die sich auf den Weg gemacht hatten, um ihre Gesundheit zurückzuerlangen, waren daran gewöhnt, dass die Anwohner des Pilgerweges alles taten, um ihnen die Wanderung zu erleichtern, und eher wurde ihnen Geld geschenkt, als dass sie welches ausgeben mussten. Frau Rangelas Brückenwächtern jedoch war streng befohlen worden, keinerlei Nachgiebigkeit zu zeigen, schon gar nicht dieser Art von Wanderern gegenüber, die Frau Rangela für weniger krank hielt, als sie vorgaben, und von denen sie glaubte, dass sie aus purer Vergnügungssucht durch das Land streunten.

Als den Kranken der freie Übergang verweigert wurde, brachen sie in ein Wehklagen sondergleichen aus. Die Lahmen und Krüppel zeigten auf ihre unbrauchbaren Glieder und fragten, wie jemand so hart sein könne, von ihnen zu verlangen, dass sie ihre Wanderung um eine ganze Tagesreise verlängerten, die Blinden fielen auf die Knie und versuchten, zu den Brückenwächtern zu kriechen, um denen die Hände zu küssen, während die Freunde und Verwandten der Kranken, die ihnen auf der Pilgerfahrt beistanden, vor den Augen der Wächter Taschen und Beutel umstülpten, um zu zeigen, dass diese wirklich leer waren.

Aber die Männer ließen sich nicht erweichen, und die Verzweiflung der Armen kannte keine Grenzen, als zu ihrem Glück die Herrin auf Börtsholm mit ihren Stiefkindern durch die

Bucht gerudert kam. Als sie die Aufregung bemerkte, eilte sie hinzu, und sowie sie erfahren hatte, worum es ging, rief sie:

»Dem lässt sich nun wirklich sehr leicht abhelfen. Die Kinder gehen jetzt an Land, um ihre Großmutter, Frau Rangela, zu besuchen, und in dieser Zeit werde ich die kranken Wanderer in meinem Boot über den Sund setzen.«

Wächter und Kinder, die wussten, dass mit Frau Rangela bei ihrem geliebten Brückenzoll nicht zu spaßen war, versuchten mit Mienen und Gebärden, die junge Frau zu warnen, aber die begriff nicht oder wollte nicht begreifen. Denn die junge Lucia war ein ganz anderer Mensch als ihre Verwandte Frau Rangela. Schon als kleines Kind hatte sie die heilige sizilianische Jungfrau Lucia, ihre Namenspatronin, geliebt und verehrt und sie als Vorbild in ihrem Herzen thronen lassen. Die Heilige hatte deshalb ihr ganzes Wesen mit Licht und Wärme erfüllt. Das zeigte sich schon in ihrem Äußeren, das von solch leuchtender Durchsichtigkeit und Feinheit war, dass man sie anzurühren sich nicht vorstellen konnte.

Mit vielen freundlichen Worten brachte sie nun die Kranken über den Sund, und als die letzten am ersehnten Ufer an Land gesetzt worden waren, überschütteten alle Pilger Lucia dermaßen mit Segenswünschen, dass, wenn solche Güter ebenso schwer wie bedeutsam wären, ihr Boot gesunken wäre, noch ehe sie den Sund hätte überqueren können.

Die Segenssprüche und guten Wünsche konnte sie dann auch brauchen, denn nun begriff Frau Rangela, dass sie von ihrer Nichte keine Hilfe zu erwarten hatte, und sie bereute bitterlich, sie zu Herrn Eskils Gemahlin gemacht zu haben. Sie, die mit solcher Leichtigkeit die arme Jungfrau erhöht hatte, beschloss, sie aus ihrer hohen Stellung zu reißen und sie in die frühere Bedeutungslosigkeit zurückzustoßen, ehe sie noch größeren Schaden anrichten konnte.

Um ihre Nichte in Sicherheit zu wiegen, verbarg sie jedoch bis auf weiteres ihre bösen Absichten und besuchte sie recht häufig auf Börtsholm. Dort gab sie sich alle Mühe, um zwischen dem Gesinde und der jungen Herrin Zwietracht zu säen. Aber zu ihrer großen Überraschung gelang ihr das durchaus nicht. Das mag teilweise darauf beruht haben, dass Frau Lucia trotz ihrer Jugend ihr Haus in guter Ordnung hielt, aber der eigentliche Grund war wohl der, dass Kinder und Dienstboten längst bemerkt hatten, dass die neue Herrin unter mächtigem himmlischen Schutz stand, der ihre Widersacher bestrafte und allen, die ihr bereitwillig und gut dienten, ungeahnte Vorteile bescherte.

Frau Rangela sah bald ein, dass sie auf diese Weise nichts ausrichten konnte, aber sie wollte die Hoffnung nicht aufgeben, bevor sie auch bei Herrn Eskil einen Versuch unternommen hatte. Der verbrachte diesen Sommer jedoch vor allem am Königshof, wo ihn lange und anstrengende Verhandlungen festhielten. Wenn er ab und zu für zwei Tage nach Hause kam, befasste er sich vor allem mit seinen Vögten und Wildhütern. Den Frauen auf Börtsholm schenkte er nur eine zerstreute Aufmerksamkeit, und wenn Frau Rangela zu Besuch kam, ging er ihr aus dem Weg, und sie konnte ihn nur selten unter vier Augen sprechen.

Eines schönen Sommertages, als Herr Eskil sich auf Börtsholm aufhielt und mit seinem Stallvogt in seinem Privatgemach saß, ertönte auf der Burg jedoch so lautes Geschrei, dass er das Gespräch mit dem Vogt abbrach, um sich eilends nach dem Grund des Lärms zu erkundigen.

Und er fand seine Schwiegermutter, Frau Rangela, die vor dem Burgtor auf ihrem Pferd saß und ärger schrie als eine Horneule.

»Eure armen Kinder«, rief sie. »Sie sind in Seenot geraten. Sie kamen heute Morgen zu meinem Ufer gerudert, aber auf dem Heimweg ist ihnen das Boot voll Wasser gelaufen. Ich habe von zu Hause aus gesehen, in welcher Not sie waren, und bin hergeritten, um Euch zu warnen. Ich sage Euch auch, obwohl Eure Gattin die Tochter meines Bruders ist, dass sie schlecht beraten war, die Kinder allein mit einem so schlechten Kahn losfahren zu lassen. Das sieht wahrlich aus wie ein Stiefmutterstreich.«

Herr Eskil ließ sich kurz beschreiben, wo die Kinder sich befanden, und eilte, gefolgt vom Vogt, zu den Booten. Aber sie waren noch nicht weit gekommen, als sie Frau Lucia sahen, die mit der ganzen Kinderschar den steilen Pfad vom See nach Börtsholm hochstieg.

Die junge Herrin hatte die Kinder diesmal nicht begleitet, sondern sich zu Hause ihren Aufgaben gewidmet. Doch dann glaubte sie, eine Warnung ihrer mächtigen himmlischen Schutzpatronin zu vernehmen, und ganz plötzlich hatte sie die Burg verlassen, um nach den Kindern zu suchen. Da hatte sie gesehen, wie die Kinder winkend und rufend versuchten, vom Ufer her Hilfe zu holen. Sie war in ihrem eigenen Boot losgerudert und hatte die Kinder in letzter Minute aus dem sinkenden Fahrzeug retten können.

Als Frau Lucia und ihre Stiefkinder nun den Strandpfad hochwanderten, war Lucia so damit beschäftigt, die Kinder danach auszufragen, wie sie in diese Notlage geraten waren, dass sie Herrn Eskil gar nicht bemerkte. Aber er, dem Frau Rangelas Worte über den Stiefmutterstreich zu denken gegeben hatten, gab eilig seinem Vogt ein Zeichen und trat mit ihm hinter einen der wilden Rosensträucher, die, groß und mächtig, fast den ganzen Hang unterhalb von Börtsholm bedeckten.

Dort hörte Herr Eskil die Kinder berichten, dass sie in einem guten Boot von zu Hause losgefahren waren, aber während sie Frau Rangela besucht hatten, war dieses Boot durch ein altes, morsches ersetzt worden. Sie hatten das erst bemerkt, als sie bereits auf den See hinausgerudert waren und das Wasser von allen Seiten her ins Boot lief, und ganz sicher wären sie verloren gewesen, wenn ihre liebe Frau Mutter ihnen nicht so rasch zu Hilfe gekommen wäre.

Offenbar ahnte Frau Lucia, was es mit diesem Bootstausch auf sich hatte, denn sie blieb totenbleich und mit Tränen in den

Augen mitten am steilen Hang stehen und presste die Hände aufs Herz. Die Kinder umdrängten sie, um sie zu trösten. Sie sagten, ihnen sei doch nichts passiert, aber Frau Lucia blieb hilflos und unbeweglich stehen.

Nun schoben die beiden ältesten Stiefsöhne, zwei kräftige Burschen von vierzehn und fünfzehn, ihre Hände zu einer kleinen Sänfte zusammen und trugen sie den Hang hoch, während die jüngeren lachend und händeklatschend folgten.

Als die kleine Schar im Triumph zwischen den blühenden Rosen nach Börtsholm hinaufzog, blieb Herr Eskil nachdenklich stehen und schaute Frau und Kindern hinterher. Die junge Frau war ihm so lieblich und seltsam strahlend vorgekommen, als sie an ihm vorbeigetragen wurde, und vielleicht bedauerte er, dass Würde und Alter es ihm untersagten, sie in seinen Armen zur Burg hinaufzutragen.

Vielleicht überlegte sich Herr Eskil in diesem Augenblick auch, wie brüchig das Glück sein kann und wie viele Scherereien er sich im Dienste der hohen Herrschaften einhandelte, während vielleicht an seinem eigenen Herd Friede und Freude seiner harrten. An diesem ganzen Tag blieb er jedenfalls nicht mehr in seinem Privatgemach, sondern verbrachte die Zeit damit, sich mit seiner Gattin auszusprechen und den Kindern beim Spielen zuzusehen.

Frau Rangela sah das alles voller Unwillen und verließ Börtsholm, so schnell der Anstand das gestattete. Niemand wagte ernsthaft, ihr zu unterstellen, sie habe das Leben ihrer Enkelkinder aufs Spiel gesetzt, um Frau Lucia bei ihrem Herrn und Gemahl in Ungnade zu stürzen, und deshalb wurde der freundschaftliche Verkehr nicht beendet, und sie konnte sich weiterhin alle Mühe geben, die junge Burgherrin um ihre hohe Stellung zu bringen.

Lange schienen der alten Frau diese Versuche zu misslingen, denn Frau Lucias gutes Herz und ihr tadelloses Verhalten sowie ihre himmlische Schutzpatronin machten sie für alle Angriffe unerreichbar. Doch im Herbst ließ sich die Nichte dann zu Frau Rangelas großer Freude auf eine Unternehmung ein, die Herr Eskil wohl kaum billigen würde.

In diesem Jahr war auf Börtsholm eine derart reiche Ernte eingefahren worden, die die des vergangenen Jahres und überhaupt alle Ernten seit Menschengedenken übertraf. Auch Jagd und Fischerei waren doppelt so ertragreich gewesen wie sonst. Die Bienenstöcke liefen vor Honig und Wachs über wie die Hopfenfelder vor Hopfen. Die Kühe schenkten Milch in Strömen, die Wolle der Schafe wurde lang wie Gras, und die Schweine wurden so fett, dass sie sich kaum noch bewegen konnten. Alle auf der Burg bemerkten diesen Segen, und sofort hieß es, dass er wegen der jungen Frau Lucia über Haus und Hof gekommen sei.

Doch während man sich auf Börtsholm nun alle Mühe gab, die guten Gaben des Jahres einzuholen und zuzubereiten, zog eine große Menge von notleidenden Menschen herbei, die alle behaupteten, vom östlichen oder nordöstlichen Ufer des großen Sees Vänern gekommen zu sein. Sie schilderten mit vielen Tränen in den Augen und verzweifelten Gesten, wie ihr ganzes Dorf von einem feindlichen Heer verwüstet worden war, das mordend, plündernd und brandschatzend durch das Land zog. Die Kriegsknechte hatten in ihrer Bosheit sogar das noch nicht geerntete Korn abgebrannt und alles Vieh fortgetrieben. Die Menschen, die mit dem Leben davongekommen waren, mussten ohne Dach über dem Kopf und ohne Lebensmittel dem Winter entgegensehen. Manche hatten sich auf das Betteln verlegt, andere versteckten sich in den Wäldern, wieder andere wanderten über die Brandstätten, ohne irgendeine Arbeit verrichten zu können, voller Trauer um alles, was sie verloren hatten.

Als Frau Lucia von diesem Leid hörte, fand sie den Anblick der vielen Lebensmittel, die sich jetzt auf Börtsholm aufhäuften, unerträglich. Am Ende wurde der Gedanke an die hungernden Menschen auf dem anderen Seeufer so übermächtig, dass sie kaum noch einen Bissen an die Lippen führen konnte.

Jeden Tag dachte sie an die Geschichten, die im Kloster vorgelesen worden waren, über heilige Männer und Frauen, die sich bis auf den bloßen Leib ausgeplündert hatten, um den Armen und Leidenden zu helfen. Und vor allem dachte sie daran, wie ihre eigene Namenspatronin, die heilige Lucia von Syrakus, in ihrem Mitleid mit einem jungen Heiden, der sie wegen ihrer schönen Augen liebte, diese Augen aus ihren Höhlen gerissen und sie ihm blutig und erloschen geschenkt hatte, um ihn von dieser Liebe zu heilen, denn sie war eine christliche Jungfrau, die ihm nicht gehören konnte. Diese Erinnerungen quälten und ängstigten die junge Frau so sehr, und sie verachtete sich, da sie von der großen Not hören konnte und doch keinen ernstlichen Versuch unternahm, dieser abzuhelfen.

Als sie sich noch mit diesen Gedanken herumquälte, kam eine Nachricht von Herrn Eskil, der mitteilte, er müsse im Dienste des Königs nach Norwegen reisen und werde erst um die Weihnachtszeit wieder nach Hause kommen. Aber dann werde er nicht nur von seinen eigenen sechzig Männern begleitet werden, sondern auch von einer großen Schar von Freunden und Verwandten, und deshalb bat er Frau Lucia, ein großes und lange dauerndes Gastmahl vorzubereiten.

An dem Tag, an dem Frau Lucia also erfuhr, dass ihr Mann im Herbst nicht nach Hause kommen würde, beschloss sie, sich von der Angst zu befreien, die sie schon so lange quälte. Sie befahl ihren Leuten, alle auf Börtsholm angehäuften Lebensmittel ans Ufer zu schaffen. Dann wurde der Wintervorrat der Burg auf Boote und Nachen geladen, sicher zum großen Erstaunen der Burgbewohner.

Als Keller und Scheunen geleert waren, begab sich Frau Lucia mit ihren Kindern und ihren Dienern und Dienerinnen an Bord eines gutbemannten Schiffes, und während sie auf Börtsholm nur einige alte Wächter zurückließ, ließ sie sich mit ihrem gesamten Eigentum auf den großen See hinausrudern, der uferlos wie ein Meer vor ihr lag.

Über Frau Lucias Reise gibt es viele alte Sagen und Aufzeichnungen. Es heißt, dass der Teil des Vänernufers, an dem der Feind am ärgsten gewütet hatte, von seinen Bewohnern fast verlassen worden war. Frau Lucia kam recht mutlos dort an und hielt Ausschau nach Anzeichen von Leben, aber kein Rauch stieg zum Himmel auf, kein Hahn krähte und keine Kuh brüllte.

Doch in einer Gemeinde lebte noch ein alter Geistlicher, der Herr Kolbjörn genannt wurde. Er hatte seine Pfarrkinder nicht begleiten wollen, als die aus ihren zerstörten Häusern geflohen waren, denn Pfarrhof und Kirche waren voller Verwundeter. Bei denen war er geblieben, hatte ihre Wunden gepflegt und das wenige, was er selbst noch hatte, unter sie verteilt, ohne sich Ruhe oder Essen zu gönnen. Dann hatte an einem der düstersten Herbsttage, als schwere Wolken über den See streiften, als das Wasser sich zu schwarzen Wogen aufbäumte und die Düsterkeit der Natur Hoffnungslosigkeit und Not noch vergrößerte, der arme Herr Kolbjörn, der keine Messe mehr lesen konnte, versucht, an der Schnur der Kirchturmglocke zu ziehen, um damit Gottes Erbarmen auf seine Kranken herabzurufen. Und siehe! Kaum war der erste Glockenton verhallt, da näherte sich eine kleine Flotte aus Schiffen und Booten dem Ufer. Und aus einem Schiff stieg eine schöne junge Frau mit einem von Licht durchschimmerten Gesicht. Vor ihr gingen acht prachtvolle Kinder, und hinter ihr folgte eine lange Reihe von Bediensteten, die mit Lebensmitteln aller Art beladen waren: gebratenen Kälbern und Schafen, langen Spießen mit trockenen Brotfladen, Gefäßen mit Getränken und Säcken voll Mehl. Wie durch ein Wunder war im letzten Moment Hilfe gekommen.

Nicht weit von Herrn Kolbjörns Kirche, auf einer Landzunge, die scharf in den See hineinragte und Saxudden genannt wurde, lag seit langer Zeit ein alter Bauernhof. Der war nun abgebrannt und ausgeplündert worden, aber der Besitzer, ein Mann von zweiundsiebzig Jahren, liebte seinen Hof so sehr, dass er es nicht über sich gebracht hatte, diesen zu verlassen. Bei ihm geblieben waren seine alte Frau, ein kleiner Enkel und eine Enkelin. Sie hatten sich durch Fischen am Leben gehalten, aber der Sturm hatte eines Nachts ihr Boot zerstört, und seither saßen sie zwischen den Trümmern und warteten auf den Hungertod. Als sie noch warteten, dachte der Bauer an seinen Hund, der zwischen ihnen lag und zu verschmachten drohte. Er riss ein Stück Holz an sich, und mit letzter Kraft schlug er auf den Hund ein, um ihn zu vertreiben, denn der Hund sollte doch nicht aus Gründen sterben, mit denen er nichts zu tun hatte. Bei dem Schlag bellte der Hund laut und rannte fort. Die ganze Nacht strich er heulend um den Hof herum. Und er war weit draußen auf dem See zu hören, und noch ehe der Tag gekommen war, ging Frau Lucia, die das Gebell gehört hatte, mit Rettung und Hilfe an Land.

Noch weiter entfernt lag ein kleines von einer Mauer umgebenes Haus, in dem heilige Frauen wohnten, die Gott versprochen hatten, dieses Haus niemals zu verlassen. Diese frommen Schwestern waren von den Kriegsknechten so weit geschont worden, dass sie oder ihr Haus nicht zu Schaden gekommen waren, ihr gesamter Wintervorrat war ihnen allerdings genommen worden. Das einzige, was ihnen geblieben war, war ein Taubenschlag voller Tauben, und diese hatten sie nacheinander geschlachtet, bis nur noch eine übrig war. Diese Taube indes war sehr zahm, und die frommen Frauen liebten sie so sehr, dass sie nicht ihr eigenes Leben durch das der Taube verlängern wollten, deshalb öffneten sie ihren Käfig und schenkten ihr die Freiheit. Nun stieg die weiße Taube zu den Wolken hoch, danach flog sie herab und setzte sich auf den Dachfirst. Als jedoch Frau Lucia auf dem Wasser vorüberkam und nach jemandem Ausschau hielt, der Hilfe brauchte, sah sie die Taube und wusste, dass es dort, wo die Taube war, auch Menschen geben musste. Und Frau Lucia ging an Land und schenkte den frommen Frauen so viel zu essen, wie sie für den Winter brauchten.

Noch weiter im Süden hatte am Vänernufer ein Marktflecken gelegen, der jetzt ausgeplündert und verbrannt war. Nur die langen Stege, an denen sonst die Schiffe angelegt hatten, waren noch vorhanden. Unter den Stegen hatte sich in den Tagen der Verwüstung ein Mann, der Krämer Lasse genannt wurde, mit seiner Frau versteckt, und während über ihnen die Schlacht tobte, hatte die Frau ein Kind geboren. Seither war sie so krank, dass sie nicht hatte fliehen können, und der Mann war bei ihr geblieben. Ihr Elend war sehr groß, und jeden Tag bat die Frau ihren Mann, sie zu verlassen, aber das brachte er nicht über sich. Nun versuchte sie eines Nachts, aus ihrem Versteck zu kriechen und mit dem Kind ins Wasser zu gehen, denn sie dachte, wenn sie erst tot wären, könnte der Mann sein Leben retten. Aber das Kind schrie im kalten Wasser laut auf, und der Mann erwachte. Er holte beide wieder an Land, aber das Kind war so verängstigt, dass es die ganze Nacht lang schrie. Und das Geräusch wurde über das Wasser getragen und holte die Helfer, die suchend und wartend auf dem See umherruderten.

Solange sie noch Gaben hatte, fuhr Frau Lucia vor dem Vänernufer hin und her, und ihr war dabei so froh und leicht ums Herz wie nie zuvor. Denn während es nichts Schlimmeres gibt, als still und untätig zu bleiben, wenn man von Leid und Unglück der anderen hört, so schenkt es das größte Glück und eine wunderbare Ruhe, wenn man zumindest versucht zu helfen. Diese Erleichterung und Freude, ohne irgendeine Ahnung, dass ihr Böses bevorstehen könnte, verspürte sie noch immer, als sie spätabends vor dem Luciatag nach Börtsholm zurückkehrte. Bei dem Abendessen, das nur aus einigen Bechern Milch bestand, sprach sie mit ihren Reisegefährten über ihre Reise, und alle waren der Meinung, niemals schönere Tage verbracht zu haben.

»Aber jetzt wartet viel Arbeit auf uns«, sagte dann die Herrin. »Morgen werden wir den Lucientag nicht wie sonst mit Speis und Trank feiern. Wir müssen ohne Unterlass brauen und schlachten und backen, damit bei Herrn Eskils Heimkehr das Weihnachtsmahl bereitet ist.«

Das sagte die junge Frau ohne die geringste Sorge, denn sie wusste ja, dass ihr Stall und ihre Scheunen und Speicher voller Gottesgaben waren, auch wenn noch nichts davon in menschliche Nahrung verwandelt worden war.

So glücklich die Reise auch gewesen war, sie waren doch alle erschöpft und begaben sich zeitig zur Ruhe. Aber kaum hatte Frau Lucia ihre Augen geschlossen, da hörte sie vor der Burg das Dröhnen von Pferdehufen, des Klirren von Waffen und das Hallen von Rufen. Das Burgtor bewegte sich knirschend in den Angeln, das Pflaster des Hofes wurde von eifrigen Füßen betrampelt. Nun wusste sie, dass Herr Eskil mit seiner Reiterschar nach Hause gekommen war.

Eilig sprang Frau Lucia auf, um ihm entgegenzugehen. Als sie sich notdürftig angekleidet hatte, lief sie auf die Galerie hinaus, um über die Treppe auf den Burghof zu gelangen. Aber sie kam nicht weiter als bis zur obersten Treppenstufe, denn schon stand Herr Eskil mitten auf der Treppe und wollte zu ihrer Kammer.

Ein Fackelträger lief vor ihm her, und im Lichtschein glaubte Frau Lucia zu sehen, dass Herrn Eskils Gesicht in entsetzlicher Wut verzerrt war. Für einen Moment hoffte sie, das rote rauchgeschwärzte Licht der Fackel mache sein Gesicht so düster und drohend, aber als sie sah, wie Kinder und Diener mit ängstlicher Miene und gesenkten Blicken zurückwichen, musste sie sich eingestehen, dass ihr Mann überaus zornig heimgekehrt war, um Gericht zu halten und Strafen zu verhängen.

Während Frau Lucia noch auf Herrn Eskil hinabblickte, entdeckte er auch sie, und mit wachsender Angst sah sie, dass sein Gesicht sich zu einem gezwungenen Lächeln verzog.

»Kommt Ihr nun, holde Gattin, um mir eine Willkommensmahlzeit anzubieten?«, spottete er. »Aber diesmal habt Ihr Euch diese liebe Mühe vergebens gemacht, denn ich und meine Mannen haben unsere Abendmahlzeit bei Eurer Verwandten Frau Rangela eingenommen. Morgen jedoch«, fügte er hinzu, und nun überkam ihn der Zorn, und er schlug mit der Faust auf das Treppengeländer, »erwarten wir, dass Ihr zu Ehren Eurer Namenspatronin, Sancta Lucia, uns mit einem Frühstück empfangt, so gut, wie dieses Haus es überhaupt liefern kann, und Ihr dürft auch nicht vergessen, mir beim ersten Hahnenschrei meinen Morgentrunk zu kredenzen.«

Die junge Burgherrin brachte kein Wort heraus. Wie schon im Sommer, als ihr zum ersten Mal der Verdacht gekommen war, Frau Rangela könne Böses gegen sie im Schilde führen, stand sie da, mit Tränen in den Augen und die Hände aufs Herz gepresst. Denn es lag doch auf der Hand, dass Frau Rangela Herrn Eskil so früh nach Hause gerufen hatte, um ihn gegen seine Frau aufzustacheln, indem sie ihm erzählte, was Frau Lucia mit seinem Eigentum angestellt hatte.

Aber Herr Eskil stieg zwei Stufen höher, und ohne sich von der Angst seiner Gattin auch nur im Geringsten erweichen zu lassen, beugte er sich zu ihr vor und sprach mit fürchterlicher Stimme:

»Beim Kreuze unseres Herrn, Frau Lucia, lasst Euch das gesagt sein, wenn dieses Frühstück mir nicht gefällt, werdet Ihr es bis an das Ende Eurer Tage bereuen.«

Damit legte er eine schwere Hand auf die Schulter seiner Gattin und schob sie vor sich her ins Schlafgemach.

Auf dieser Wanderung ins Schlafzimmer erschien es Frau Lucia, als sei etwas, das ihr bisher auf seltsame Weise verborgen gewesen war, plötzlich offenbart worden. Sie erkannte, dass sie selbstherrlich und unbedacht gehandelt hatte und dass Herr Eskil durchaus Grund haben konnte, ihr zu zürnen, da sie, ohne ihn zu fragen, über sein Eigentum verfügt hatte. Sie versuchte also jetzt, da sie allein waren, ihm das voller Reue zu sagen und ihn für ihre jugendliche Torheit um Vergebung zu bitten, aber er ließ sie nicht zu Wort kommen.

»Legt Euch zu Bett, Frau Lucia«, sagte er, »und steht morgen früh ja zeitiger auf als sonst! Wenn Euer Morgentrunk und Euer Willkommensmahl nicht zu meiner Zufriedenheit ausfallen, dann liegt vor Euch ein Weg, für den Ihr alle Eure Kräfte benötigen werdet.«

Mit dieser Antwort musste sie sich zufriedengeben, auch wenn ihre Angst nur noch größer wurde, und wir können ja verstehen, dass sie in dieser Nacht kein Auge mehr zumachte. Sie dachte immer wieder daran, was ihr Mann gesagt hatte, und je länger sie über seine Worte nachdachte, umso klarer wurde ihr, dass er eine schreckliche Drohung gegen sie ausgesprochen hatte. Bestimmt hatte er beschlossen, sie erst zu verurteilen, wenn er sich davon überzeugt hätte, dass sie sich so schlimm verhalten hatte, wie Frau Rangela das behauptete. Aber wenn sie ihn nicht befehlsgemäß bewirten könnte, wartete eine entsetzliche Strafe auf sie. Das mindeste wäre dann wohl, dass sie für unwürdig befunden werden würde, noch länger seine Gemahlin zu sein, dann würde sie zu ihren Eltern heimgeschickt werden, doch aus seinen letzten Worten glaubte sie zu verstehen, dass er dazu noch vorhatte, sie wie eine schnöde Diebin zwischen seinen Männern Spießruten laufen zu lassen.

Als sie sich das alles vorgestellt hatte – übrigens zu Recht, denn Frau Rangela hatte Herrn Eskil wirklich in einen wahnsinnigen Zorn versetzt –, zitterte Frau Lucia, sie klapperte mit den Zähnen und wähnte sich dem Tode nah. Sie wusste, dass sie die Stunden der Nacht nutzen musste, um Hilfe und Auswege zu finden, aber ihre furchtbare Angst lähmte sie, und deshalb blieb sie bewegungslos liegen. »Wie soll ich denn morgen früh meinen Herrn und seine sechzig Männer bewirten«, sagte sie sich hoffnungslos. »Da kann ich auch gleich still liegen bleiben und warten, bis das Unglück über mich hereinbricht.«

Das Einzige, was sie zu ihrer Rettung tun konnte, war, Stunde um Stunde brennende Gebete an die heilige Lucia von Syrakus zu richten.

»Ach, heilige Lucia, meine geliebte Namenspatronin«, betete sie, »morgen ist der Tag, an dem du den Märtyrertod erlitten hast und ins himmlische Paradies eingegangen bist. Erinnere dich daran, wie düster und kalt und hart es hier auf Erden war! Komm in dieser Nacht zu mir und hol mich fort von hier. Komm und schließe meine Augen im Schlaf des Todes. Du weißt, dass ich nur so Schande und grausamer Bestrafung entrinnen kann.«

Während sie auf diese Weise die heilige Lucia um Hilfe anflehte, verging die Nacht, und der gefürchtete Morgen rückte näher. Lange ehe sie damit gerechnet hatte, ertönte der erste Hahnenschrei, die Knechte, die sich um das Vieh kümmern mussten, liefen über den Burghof zu ihrer Arbeit, und die Pferde richteten sich wiehernd in ihren Ställen auf.

Jetzt erwacht auch Herr Eskil, dachte Lucia. Er wird mir sofort befehlen, seinen Morgentrunk zu bringen, und ich werde gestehen müssen, dass ich so töricht gehandelt habe, dass ich ihm weder Met noch Bier aufwärmen kann.

In diesem Moment der höchsten Gefahr für die junge Burgherrin konnte ihre himmlische Freundin, die heilige Lucia, die ja wusste, dass ihr Schützling sich nur durch allzu große Barmherzigkeit falsch verhalten hatte, dem Wunsch, ihr beizustehen, nicht länger widerstehen. Der irdische Leib der Heiligen, der seit vielen Jahrhunderten in den engen Grabkammern der Katakomben von Syrakus geruht hatte, wurde plötzlich von einem lebendigen Geist erfüllt, gewann seine Schönheit und den Gebrauch seiner Glieder wieder, hüllte sich in ein aus Sternenlicht gewebtes Gewand und begab sich dann abermals in die Welt hinaus, in der Lucia einst gelitten und geliebt hatte.

Und nur wenige Augenblicke später sah der verdutzte Torwächter auf Börtsholm ein Wunder, eine Feuerkugel, die weit hinten im Süden auftauchte. Die Kugel reiste schneller, als das Auge ihr folgen konnte, kam auf Börtsholm zu, schoss so dicht an dem Wächter vorbei, dass sie ihn fast gestreift hätte, und war dann verschwunden. Aber auf diesem Feuerball, glaubte der Wächter zumindest, reiste eine junge Frau, die sich mit den Zehenspitzen aufstützte, die Arme hob und gleichsam spielend und tanzend das glühende Fahrzeug lenkte.

Fast im selben Moment sah die in Angst und Beben wachende Frau Lucia einen Schimmer, der durch einen Türspalt in ihr Schlafgemach drang. Und als die Tür gleich darauf geöffnet wurde, trat zu ihrem Erstaunen und ihrer Freude eine schöne Jungfrau, gewandet in Kleider so weiß wie Sternenlicht, ins Zimmer. Ihre langen schwarzen Haare waren zu einer Girlande gebunden, aber daran saßen keine Blätter und Blüten, sondern kleine blinkende Sterne. Diese Sterne erleuchteten die ganze Kammer, und doch schien es Frau Lucia, dass ihr Licht sich nicht mit dem in den Augen der schönen Fremden vergleichen lassen könnte, denn die waren nicht nur vom klarsten Glanz, sondern strahlten zudem himmlische Liebe und Barmherzigkeit aus.

In ihrer Hand hielt die fremde Jungfrau eine große Kupferkanne, der ein milder Duft nach edlem Traubensaft entströmte, und damit schwebte sie durch die Kammer zu Herrn Eskil, goss etwas Wein in eine kleinere Schale und bot ihm zu trinken an.

Herr Eskil, der gut geschlafen hatte, erwachte, als das Licht über seine Augenlider huschte, und führte die Schale an seine Lippen. In seinem schlaftrunkenen Zustand begriff er kaum mehr von dem Wunder, als dass der Wein, der ihm angeboten wurde, überaus wohlschmeckend war, und er leerte die Schale bis auf den letzten Tropfen.

Aber dieser Wein, bei dem es sich kaum um einen anderen handeln konnte als den edlen Malvasier, die Ehre des Südens und die Krone aller Weinsorten, war dermaßen einschläfernd, dass Herr Eskil, kaum hatte er die Schale zurückgestellt, auch schon auf sein Lager zurücksank. Und im selben Moment schwebte die schöne heilige Jungfrau aus dem Zimmer und ließ Frau Lucia in einem Zustand aus bebender Verwunderung und frischerwachter Hoffnung zurück.

Die holde Helferin begnügte sich aber nicht damit, nur Herrn Eskil zu bewirten. An dem dunklen, kalten Wintermorgen schwebte sie durch die düsteren Säle der schwedischen Burg und bot jedem einzelnen der schlafenden Kriegsknechte eine Schale vom freudenspendenden Wein des Südens an.

Allen, die tranken, kam es vor, als hätten sie himmlische Wonnen gekostet. Und alle versanken sofort in einen Schlaf, erfüllt von Träumen von Gefilden, in denen ewiger Sommer und ewiges Sonnenlicht herrschten.

Frau Lucia aber hatte gerade erst die lichte Offenbarung verschwinden sehen, als Angst und Hoffnungslosigkeit, die sie die ganze Nacht gequält hatten, ganz einfach in tausend Stücke zersprangen. Sie zog sich eilig an und rief danach das gesamte Gesinde zur Arbeit.

An diesem langen Wintermorgen bemühten sich sodann alle, Herrn Eskils Willkommensmahlzeit zuzubereiten. Junge Kälber, Schweine, Gänse und Hühner mussten in aller Eile ihr Leben lassen, Teig wurde angesetzt, unter Kochtöpfen und in Backöfen wurde Feuer geschürt, Kohl wurde gebräunt, Rüben wurden geschält, und zum Nachtisch wurde Honigkuchen gebacken.

Die Tische im Festsaal wurden mit Damasttüchern bedeckt, die teuren Wachskerzen wurden aus tiefen Truhen geholt, und auf den Bänken wurden blaue Federpolster und Decken ausgelegt.

Während dieser ganzen Vorbereitungen schliefen der Burgherr und seine Leute. Als Herr Eskil endlich aufwachte, sah er am Stand der Sonne, dass bereits die Mittagsstunde gekommen war. Er staunte nicht nur über seinen langen Schlaf, sondern vielleicht noch mehr darüber, dass der Zorn, der ihn am Vorabend gequält hatte, durch diesen Schlaf verflogen war. Seine Gattin hatte sich ihm in den Träumen des Morgens mit großer Milde und Schönheit gezeigt, und er staunte über sich selbst, weil er sie zu einer harten und schändlichen Strafe hatte verurteilen wollen.

Vielleicht ist es ja doch nicht so schlimm, wie Frau Rangela mir einreden wollte, dachte er. Ich kann sie zwar nicht als meine Gattin behalten, wenn sie mein Eigentum verschleudert hat, aber es muss Strafe genug sein, sie zu ihren Eltern zurückzuschicken.

Als er seine Kammer verließ, erwarteten ihn seine acht Kinder und führten ihn in den Festsaal. Dort saßen seine Männer bereits zu Tisch und warteten ungeduldig auf sein Eintreffen, um sich über die Mahlzeit herzumachen. Denn der Tisch bog sich unter den vielen Köstlichkeiten.

Frau Lucia setzte sich neben ihren Mann, ohne ihre Angst zu zeigen, doch sie war nicht von aller Unruhe befreit, denn sie hatte zwar in aller Eile ein Festmahl herrichten können, aber noch immer fehlte es an Bier und Met, die sich nicht so rasch brauen lassen. Und sie wusste ja nicht, ob Herr Eskil sich mit einem Frühstück zufriedengeben würde, bei dem die Getränke fehlten.

Aber nun sah sie vor sich auf dem Tisch die große Kupferkanne, aus der die heilige Jungfrau ausgeschenkt hatte. Dort stand die Kanne, bis an den Rand mit duftendem Wein gefüllt. Abermals war Frau Lucia glücklich über den Schutz der barmherzigen Heiligen, und sie bot Herrn Eskil den Wein an, während sie erzählte, wie der nach Börtsholm gelangt war, und während ihr Gemahl voller Staunen zuhörte.

Als Herr Eskil den Wein, der diesmal jedoch nicht einschläfernd wirkte, zum zweiten Mal gekostet hatte, fasste Frau Lucia sich abermals ein Herz und berichtete von ihrer Reise. Herr Eskil machte zuerst ein überaus ernstes Gesicht, doch als sie von dem Priester, Herrn Kolbjörn, erzählte, rief er:

»Herr Kolbjörn ist ein sehr guter Freund von mir, Frau Lucia. Ich bin von Herzen froh, dass Ihr ihm helfen konntet.«

Dann stellte es sich heraus, dass der Gutsherr von Saxudden in vielen Feldzügen Herrn Eskils Waffenbruder gewesen war, dass sich unter den frommen Frauen eine Verwandte von ihm befand und dass Krämer Lasse aus dem Marktflecken ihm Kleidung und Waffen aus dem Ausland zu besorgen pflegte. Noch ehe Frau Lucia ihren Bericht beendet hatte, hatte Herr Eskil ihr nicht nur verziehen, er war ihr zudem von Herzen dankbar, weil sie so vielen seiner Freunde geholfen hatte.

Doch die Angst, die Frau Lucia während der Nacht erlitten hatte, überkam sie ein weiteres Mal, und mit Tränen in der Stimme sagte sie endlich:

»Jetzt aber habe ich das Gefühl, lieber Herr, dass ich sehr unrecht gehandelt habe, da ich, ohne Euch um Erlaubnis zu fragen, Euer Eigentum verschenkt habe. Aber ich bitte Euch, denkt an meine Jugend und Unerfahrenheit und verzeiht mir deshalb.«

Als Frau Lucia das gesagt hatte und Herr Eskil begriff, dass seine Gattin so fromm war, dass eine Bewohnerin des Himmels irdische Gestalt angenommen hatte, um ihr zu Hilfe zu kommen, und als er dann bedachte, wie er, der als weiser und bedächtiger Mann gelten wollte, sie verdächtigt hatte und bereit gewesen war, sie mit seinem Zorn zu überschütten, schämte er sich so von Herzen, dass er die Augen niederschlug und ihr nicht mit einem Wort antworten konnte.

Als Frau Lucia ihn so stumm und mit gesenktem Kopf dasitzen sah, erschrak sie abermals und wäre am liebsten weinend davongestürzt. Doch da trat, von allen ungesehen, die barmherzige Lucia in den Saal, schlich sich zu der jungen Frau und flüsterte ihr ins Ohr, was sie nun noch sagen sollte. Und es waren just die Worte, die Frau Lucia selbst gern ausgesprochen hätte, aber ohne himmlische Ermutigung hätte sie sicher niemals genug Mut aufgebracht.

»Um eins möchte ich Euch nun bitten, mein lieber Herr und Gemahl«, sagte sie, »und zwar, dass Ihr von nun an mehr zu Hause bleiben mögt. Denn dann würde ich nie in Versuchung kommen, gegen Euren Willen zu handeln, und ich könnte Euch all die Liebe zeigen, die ich Euch entgegenbringe, und niemand könnte sich zwischen Euch und mich drängen.«

Als diese Worte gesagt waren, merkten alle, dass sie Herrn Eskil nur zu gut gefielen. Er hob den Kopf, und die große Freude, die er verspürte, verjagte seine Schuldgefühle.

Er wollte seiner Gattin gerade eine überaus freundliche Antwort geben, als einer von Frau Rangelas Vögten in den Festsaal gestürzt kam. Er berichtete, dass Frau Rangela in der frühesten Morgenstunde nach Börtsholm aufgebrochen war, um Frau Lucias Bestrafung beizuwohnen. Doch unterwegs waren ihr Bauern begegnet, die sie wegen des Brückenzolls hassten, und im Schutze der Dunkelheit hatten sie Frau Rangelas einzigen Diener in die Flucht getrieben, sie dann vom Pferd gezerrt und sie elendiglich erschlagen.

Jetzt wollte Frau Rangelas Vogt Jagd auf die Mörder machen und verlangte, dass auch Herr Eskil seine Leute dazu aussandte.

Doch nun erhob sich Herr Eskil und sprach mit lauter, strenger Stimme:

»Es erscheint mir hier angebracht, den Bitten meiner Gattin Gehör zu schenken, aber vorher möchte ich die Sache mit Frau Rangela hinter mich bringen. Und da sage ich, dass sie von mir aus ruhig ungerächt bleiben kann, und ich werde auch meine Diener nicht aussenden, um ihretwegen Blutarbeit zu leisten, denn ich bin sicher, dass ihre bösen Taten sie ereilt haben.«

Als er das gesagt hatte, wandte er sich Frau Lucia zu, und nun war seine Stimme so mild, dass man kaum hätte glauben mögen, dass solcher Klang in seiner Kehle wohnte.

»Aber meiner geliebten Gattin möchte ich antworten, dass ich ihr gern verzeihe, so, wie ich hoffe, dass sie mir meine Heftigkeit vergibt. Und da es ihr Wunsch ist, werde ich dem König mitteilen, dass er sich einen anderen Berater suchen muss, denn nun möchte ich bei zwei edlen Damen in Dienst treten. Die eine ist meine Gattin, die andere die heilige Lucia von Syrakus, für die ich in allen Kirchen und Kapellen auf meinen Ländereien einen Altar aufstellen werde, um sie zu bitten, dass sie in uns, die wir in der Kälte des Nordens verschmachten, die Flamme und den Leitstern der Seele, die Barmherzigkeit genannt werden, am Leben erhalten möge.«

Am 13. Dezember, in früher Morgenstunde, wenn Kälte und Dunkelheit auf Värmland lasteten, kam noch in meiner Kindheit die heilige Lucia von Syrakus in alle Häuser, die zwischen den Bergen Norwegens und dem Fluss Gullspångälv lagen. Sie trug noch immer, zumindest in den Augen der kleinen Kinder, ein Kleid aus weißem Sternenlicht und in den Haaren einen Kranz aus brennenden Lichtblumen, und sie weckte die Schlafenden mit einem warmen duftenden Trunk aus ihrer Kupferkanne.

Ich kannte keinen schöneren Anblick, als wenn die Tür sich öffnete und die heilige Lucia in die Dunkelheit der Kammer trat. Und ich wünschte mir, sie hörte niemals auf, sich auf den värmländischen Höfen zu zeigen. Denn sie ist das Licht, das die Dunkelheit besiegt, sie ist die Legende, die das Vergessen überwindet, sie ist die Herzenswärme, die gefrorene Stellen mitten im Winter angenehm und sonnig werden lässt.

Wilhelm Hauff

Die Höhle von Steenfoll

Auf einer der Felseninseln Schottlands lebten vor vielen Jahren zwei Fischer in glücklicher Eintracht. Sie waren beide unverheiratet, hatten auch sonst keine Angehörigen, und ihre gemeinsame Arbeit, obgleich verschieden angewendet, nährte sie beide. Im Alter kamen sie einander ziemlich nahe, aber von Person und an Gemütsart glichen sie einander nicht mehr als ein Adler und ein Seekalb.

Kaspar Strumpf war ein kurzer, dicker Mensch, mit einem breiten, fetten Vollmondsgesicht und gutmütig lachenden Augen, denen Gram und Sorge fremd zu sein schienen. Er war nicht nur fett, sondern auch schläfrig und faul, und ihm fielen daher die Arbeiten des Hauses, Kochen und Backen, das Stricken der Netze zum eigenen Fischfang und zum Verkaufe, auch ein großer Teil der Bestellung ihres kleinen Feldes anheim. Ganz das Gegenteil war sein Gefährte: lang und hager, mit kühner Habichtsnase und scharfen Augen, war er als der tätigste und glücklichste Fischer, der unternehmendste Kletterer nach Vögeln und Daunen, der fleißigste Feldarbeiter auf den Inseln und dabei als der geldgierigste Händler auf dem Markte zu Kirchwall bekannt; aber da seine Waren gut und sein Wandel frei von Betrug war, so handelte jeder gern mit ihm, und Wilm Falke (so nannten ihn seine Landsleute) und Kaspar Strumpf, mit welchem Ersterer trotz seiner Habsucht gerne seinen schwer errungenen Gewinn teilte, hatten nicht nur eine gute Nahrung, sondern waren auch auf gutem Wege, einen gewissen Grad von Wohlhabenheit zu erlangen. Aber Wohlhabenheit allein war es nicht, was Falkes habsüchtigem Gemüte zusagte; er wollte reich, *sehr* reich werden, und da er bald einsehen lernte, dass auf dem gewöhnlichen Wege des Fleißes das Reichwerden nicht sehr schnell vor sich ging, so verfiel er zuletzt auf den Gedanken, er müsste seinen Reichtum durch irgendeinen außerordentlichen Glückszufall erlangen, und da nun dieser Gedanke einmal von seinem heftig wollenden Geiste Besitz genommen, fand er für nichts anderes Raum darin, und er fing an, mit Kaspar Strumpf davon als von einer gewissen Sache zu reden. Dieser, dem alles, was Falke sagte, für Evangelium galt, erzählte es seinen Nachbarn, und bald verbreitete sich das Gerücht, Wilm Falke hätte sich entweder wirklich dem Bösen für Gold verschrieben oder hätte doch ein Anerbieten dazu von dem Fürsten der Unterwelt bekommen.

Anfangs zwar verlachte Falke diese Gerüchte, aber allmählich gefiel er sich in dem Gedanken, dass irgendein Geist ihm einmal einen Schatz verraten könne, und er widersprach nicht länger, wenn ihn seine Landsleute damit aufzogen. Er trieb zwar noch immer sein Geschäft fort, aber mit weniger Eifer, und verlor oft einen großen Teil der Zeit, die er sonst mit Fischfang oder andern nützlichen Arbeiten zuzubringen pflegte, in zwecklosem Suchen irgendeines Abenteuers, wodurch er plötzlich reich werden sollte. Auch wollte es sein Unglück, dass, als er eines Tages am einsamen Ufer stand und in unbestimmter Hoffnung auf das bewegte Meer hinausblickte, als solle ihm von dorther sein großes Glück kommen, eine große Welle unter einer Menge losgerissenen Mooses und Gesteins, eine gelbe Kugel – eine Kugel von Gold – zu seinen Füßen rollte.

Wilm stand wie bezaubert; so waren denn seine Hoffnungen nicht leere Träume gewesen, das Meer hatte ihm Gold, schönes reines Gold geschenkt, wahrscheinlich die Überreste einer schweren Barre, welche die Wellen auf dem Meeresgrund bis zur Größe einer Flintenkugel abgerieben. Und nun stand es klar vor seiner Seele, dass vor Jahresfrist hier irgendwo an dieser Küste ein reichbeladenes Schiff gescheitert sein müsse, und dass er dazu ersehen sei, die im Schoße des Meeres begrabenen Schätze zu heben. Dies ward von nun an sein einziges Streben: seinen Fund sorgfältig, selbst vor seinem Freunde verbergend, damit nicht auch andere seiner Entdeckung auf die Spur kämen, versäumte er alles andere, und brachte Tage und Nächte an dieser Küste zu, wo er nicht sein Netz nach Fischen, sondern eine eigens dazu verfertigte Schaufel – nach Gold auswarf. Aber er fand nichts als Armut; denn er selbst verdiente nichts mehr, und Kaspars schläfrige Bemühungen reichten nicht hin, sie beide zu ernähren. Im Suchen größerer Schätze verschwand nicht nur das gefundene Gold, sondern allmählich auch das ganze Eigentum der Junggesellen. Aber so wie Strumpf früher stillschweigend von Falke den besten Teil seiner Nahrung hatte erwerben lassen, so ertrug er es auch jetzt schweigend und ohne Murren, dass die zwecklose Tätigkeit desselben sie ihm jetzt entzog; und gerade dieses sanftmütige Dulden seines Freundes war es, was jenen nur noch mehr anspornte, sein rastloses Suchen nach Reichtum weiter fortzusetzen. Was ihn aber noch tätiger machte, war, dass, sooft er sich zur Ruhe niederlegte und seine Augen sich zum Schlummer schlossen, etwas ihm ein Wort ins Ohr raunte, das er zwar sehr deutlich zu vernehmen glaubte, und das ihm jedes Mal dasselbe schien, das er aber niemals behalten konnte. Zwar wusste er nicht, was dieser Umstand, so sonderbar er auch war, mit seinem jetzigen Streben zu tun haben könne; aber auf ein Gemüt wie Wilm Falkes musste alles wirken, und auch dieses geheimnisvolle Flüstern half, ihn in dem Glauben bestärken, dass ihm ein großes Glück bestimmt sei, das er nur in einem Goldhaufen zu finden hoffte.

Eines Tages überraschte ihn ein Sturm am Ufer, wo er den Goldbarren gefunden hatte, und die Heftigkeit desselben trieb ihn an, in einer nahen Höhle Zuflucht zu suchen. Diese Höhle, welche die Einwohner die Höhle von Steenfoll nennen, besteht aus einem langen unterirdischen Gange, welcher sich mit zwei Mündungen gegen das Meer öffnet und den Wellen einen freien Durchgang lässt, die sich beständig mit lautem Brüllen schäumend durch denselben hinarbeiten. Diese Höhle war nur an *einer* Stelle zugänglich, und zwar durch eine Spalte von oben her, welche aber selten von jemand anderem als mutwilligen Knaben betreten ward, indem zu den eigenen Gefahren des Ortes sich noch der Ruf eines Geisterspuks gesellte. Mit Mühe ließ Wilm sich in denselben hinab und nahm ungefähr 12 Fuß tief von der Oberfläche auf einem vorspringenden Stein und unter einem überhängenden Felsenstück Platz, wo er mit den brausenden Wellen unter seinen Füßen und dem wütenden Sturm über seinem Haupte in seinen gewöhnlichen Gedankenzug verfiel, nämlich von dem gescheiterten Schiffe, und was für ein Schiff es wohl gewesen sein mochte; denn trotz allen seinen Erkundigungen hatte er selbst von den ältesten Einwohnern von keinem an dieser Stelle gescheiterten Fahrzeuge Nachricht erhalten können. Wie lange er so gesessen, wusste er selber nicht; als er aber endlich aus seinen Träumereien erwachte, entdeckte er, dass der Sturm vorüber war; und er wollte eben wieder emporsteigen, als eine Stimme sich aus der Tiefe vernehmen ließ und das Wort Car-mil-han ganz deutlich in sein Ohr drang. Erschrocken fuhr er in die Höhe und blickte in den leeren Abgrund hinab. »Großer Gott!«, schrie er, »das ist das Wort, das mich in meinem Schlafe verfolgt, was, um Himmels willen, mag es bedeuten?!« – »Carmilhan!«, seufzte es noch einmal aus der Höhle herauf, als er schon mit einem Fuß die Spalte verlassen hatte, und er floh wie ein gescheuchtes Reh seiner Hütte zu.

Wilm war indessen keine Memme; die Sache war ihm nur unerwartet gekommen, und sein Geldgeiz war auch überdies zu mächtig in ihm, als dass ihn irgendein Anschein von Gefahr hätte abschrecken können, auf seinem gefahrvollen Pfade fortzuwandern. Einst, als er spät in der Nacht beim Mondschein der Höhle von Steenfoll gegenüber mit seiner Schaufel nach Schätzen fischte, blieb dieselbe auf einmal an etwas hängen. Er zog aus Leibeskräften, aber die Masse blieb unbeweglich. Inzwischen erhob sich der Wind, dunkle Wolken überzogen den Himmel, heftig schaukelte das Boot und drohte umzuschlagen;

aber Wilm ließ sich nichts irren: er zog und zog, bis der Widerstand aufhörte, und da er kein Gewicht fühlte, glaubte er, sein Seil wäre gebrochen. Aber gerade, als die Wolken sich über dem Monde zusammenziehen wollten, erschien eine runde, schwarze Masse auf der Oberfläche, und es erklang das ihn verfolgende Wort *Carmilhan!* Hastig wollte er nach ihr greifen, aber ebenso schnell als er den Arm darnach ausstreckte, verschwand sie in der Dunkelheit der Nacht, und der eben losbrechende Sturm zwang ihn, unter den nahen Felsen Zuflucht zu suchen. Hier schlief er vor Ermüdung ein, um im Schlafe, von einer ungezügelten Einbildungskraft gepeinigt, aufs Neue die Qualen zu erdulden, die ihn sein rastloses Streben nach Reichtum am Tage erleiden ließ. Die ersten Strahlen der aufgehenden Sonne fielen auf den jetzt ruhigen Spiegel des Meeres, als Falke erwachte. Eben wollte er wieder hinaus an die gewohnte Arbeit, als er von ferne etwas auf sich zukommen sah. Er erkannte es bald für ein Boot, und in demselben eine menschliche Gestalt; was aber sein größtes Erstaunen erregte, war, dass das Fahrzeug sich ohne Segel oder Ruder fortbewegte, und zwar mit dem Schnabel gegen das Ufer gekehrt, und ohne dass die darin sitzende Gestalt sich im geringsten um das Steuer zu bekümmern schien, wenn es ja eins hatte. Das Boot kam immer näher und hielt endlich neben Wilms Fahrzeug stille. Die Person in demselben zeigte sich jetzt als ein kleines, verschrumpftes altes Männchen, das in gelbe Leinwand gekleidet und mit roter in der Höhe stehender Nachtmütze, mit geschlossenen Augen und unbeweglich wie ein getrockneter Leichnam dasaß. Nachdem er es vergebens angerufen und gestoßen hatte, wollte er eben einen Strick an das Boot befestigen und es wegführen, als das Männchen die Augen aufschlug und sich zu bewegen anfing, auf eine Weise, welche selbst den kühnen Fischer mit Grausen erfüllte.

»Wo bin ich?«, fragte es nach einem tiefen Seufzer auf Holländisch. Falke, welcher von den holländischen Heringsfängern etwas von ihrer Sprache gelernt hatte, nannte ihm den Namen der Insel und fragte, wer er denn sei, und was ihn hierhergebracht.

»Ich komme, um nach dem Carmilhan zu sehen.«

»Dem Carmilhan? Um Gottes willen! Was ist das?«, rief der begierige Schiffer.

»Ich gebe keine Antwort auf Fragen, die man mir auf diese Weise tut«, erwiderte das Männchen mit sichtbarer Angst.

»Nun«, schrie Falke, »was ist der Carmilhan?«

»Der Carmilhan ist jetzt nichts, aber einst war es ein schönes Schiff, mit mehr Gold beladen, als je ein anderes Fahrzeug getragen.«

»Wo ging es zu Grunde, und wann?«

»Es war vor 100 Jahren; wo, weiß ich nicht genau; ich komme, um die Stelle aufzusuchen und das verlorene Gold aufzufischen; willst du mir helfen, so wollen wir den Fund miteinander teilen.«

»Mit ganzem Herzen, sag mir nur, was muss ich tun?«

»Was du tun musst, erfordert Mut; du musst dich gerade vor Mitternacht in die wildeste und einsamste Gegend auf der Insel begeben, begleitet von einer Kuh, die du dort schlachten und dich von jemand in ihre frische Haut wickeln lassen musst. Dein Begleiter muss dich dann niederlegen und allein lassen, und ehe es ein Uhr schlägt, weißt du, wo die Schätze des *Carmilhan* liegen.«

»Auf diese Weise fiel des alten Engrol Sohn mit Leib und Seele ins Verderben!«, rief Wilm mit Entsetzen. »Du bist der böse Geist«, fuhr er fort, indem er hastig davonruderte, »geh zur Hölle! Ich mag nichts mit dir zu tun haben.«

Das Männchen knirschte, schimpfte und fluchte ihm nach; aber der Fischer, welcher zu beiden Rudern gegriffen hatte, war ihm bald außer Gehör, und nachdem er um einen Felsen gebogen, auch aus dem Gesichte. Aber die Entdeckung, dass der böse Geist sich seinen Geiz zunutze zu machen und mit Gold in seine Schlingen zu verlocken suchte, heilte den verblendeten Fischer nicht, im Gegenteil, er meinte, die Mitteilung des gelben Männchens benutzen zu können, ohne sich dem Bösen zu überliefern; und indem er fortfuhr, an der öden Küste nach Gold zu fischen, vernachlässigte er den Wohlstand, den ihm die reichen Fischzüge in andern Gegenden des Meeres darboten, sowie alle anderen Mittel, auf die er ehemals seinen Fleiß verwendet, und versank von Tag zu Tage nebst seinem Gefährten in tiefere Armut, bis es endlich oft an den notwendigsten Lebensbedürfnissen zu fehlen anfing. Aber obgleich dieser Verfall gänzlich Falkes Halsstarrigkeit und falscher Begierde zugeschrieben werden musste und die Ernährung beider jetzt Kaspar Strumpf allein anheimfiel, so machte ihm doch dieser niemals den geringsten Vorwurf; ja er bezeugte ihm immer noch dieselbe Unterwürfigkeit, dasselbe Vertrauen in seinen bessern Verstand als zur Zeit, wo ihm seine Unternehmungen allezeit geglückt waren; dieser Umstand vermehrte Falkes Leiden um ein Großes, aber trieb ihn, noch mehr nach Gold zu suchen, weil er dadurch hoffte, auch seinen Freund für sein gegenwärtiges Entbehren schadlos halten zu können. Dabei verfolgte ihn das teuflische Geflüster des Wortes Carmilhan noch immer in seinem Schlummer; kurz, Not, getäuschte Erwartung und Geiz trieben ihn zuletzt zu einer Art von Wahnsinn, so dass er wirklich beschloss, das zu tun, was ihm das Männchen angeraten, obgleich er, nach der alten Sage, wohl wusste, dass er sich damit den Mächten der Finsternis übergab.

Alle Gegenvorstellungen Kaspars waren vergebens: Falke ward nur umso heftiger, je mehr jener ihn anflehte, von seinem verzweifelten Vorhaben abzustehen – und der gute schwache Mensch willigte endlich ein, ihn zu begleiten und ihm seinen Plan ausführen zu helfen. Beider Herzen zogen sich schmerzhaft zusammen, als sie einen Strick um die Hörner einer schönen Kuh, ihr letztes Eigentum, legten, die sie vom Kalbe aufgezogen, und die sie sich immer zu verkaufen geweigert hatten, weil sie's nicht übers Herz bringen konnten, sie in fremden Händen zu sehen. Aber der böse Geist, welcher sich Wilms bemeisterte, erstickte jetzt alle besseren Gefühle in ihm, und Kaspar wusste ihm in nichts zu widerstehen. Es war im September, und die langen Nächte des langen schottländischen Winters hatten angefangen. Die Nachtwolken wälzten sich schwer vor dem rauen Abendwinde und türmten sich wie Eisberge im Maelstrom, tiefer Schatten füllte die Schluchten zwischen dem Gebirge und den feuchten Torfsümpfen, und die trüben Bette der Ströme blickten schwarz und furchtbar wie Höllenschlünde. Falke ging voran, und Strumpf folgte, schaudernd über seine eigene Kühnheit, und Tränen füllten sein schweres Auge, sooft er das arme Tier ansah, welches so vertrauungsvoll und bewusstlos seinem baldigen Tode entgegenging, der ihm von der Hand werden sollte, die ihm bisher seine Nahrung gereicht. Mit Mühe erreichten sie das enge sumpfige Bergtal, welches hier und da mit Moos und Heidekraut bewachsen, mit großen Steinen übersäet war und von einer wilden Gebirgskette umgeben lag, die sich in grauen Nebel verlor und wohin der Fuß eines Menschen sich selten verstieg. Sie näherten sich auf wankendem Boden einem großen Stein, welcher in der Mitte stand und von welchem ein verscheuchter Adler krächzend in die Höhe flog. Die arme Kuh brüllte dumpf, als erkenne sie die Schrecknisse des Ortes und ihr bevorstehendes Schicksal, Kaspar wandte sich weg, um sich die schnell fließenden Tränen abzuwischen; er blickte hinab durch die Felsenöffnung, durch welche sie heraufgekommen waren, von wo aus man die ferne Brandung des Meeres hörte, und dann hinauf nach den Berggipfeln, auf welche sich ein kohlschwarzes Gewölk gelagert hatte, aus welchem man von Zeit zu Zeit ein dumpfes Murmeln vernahm. Als er sich wieder nach Wilm umsah, hatte dieser bereits die arme Kuh an den Stein gebunden und stand mit aufgehobener Axt im Begriff, das gute Tier zu fällen.

Dies war zu viel für seinen Entschluss, sich in den Willen seines Freundes zu fügen: mit gerungenen Händen stürzte er sich auf die Knie: »Um Gottes willen, Wilm Falke!«, schrie er mit der

Stimme der Verzweiflung, »schone dich, schone die Kuh! Schone dich und mich! Schone deine Seele! – Schone dein Leben! Und musst du Gott so versuchen, so warte bis morgen, und opfere lieber ein anderes Tier als unsere liebe Kuh!«

»Kaspar, bist du toll?!«, schrie Wilm wie ein Wahnsinniger, indem er noch immer die Axt in die Höhe geschwungen hielt. »Soll ich die Kuh schonen und verhungern?«

»Du sollst nicht verhungern«, antwortete Kaspar entschlossen; »solange ich Hände habe, sollst du nicht verhungern; ich will vom Morgen bis in die Nacht für dich arbeiten; nur bring dich nicht um deiner Seele Seligkeit, und lass mir das arme Tier leben!«

»Dann nimm die Axt und spalte mir den Kopf«, schrie Falke mit verzweifeltem Tone – »ich gehe nicht von diesem Fleck, bis ich habe, was ich verlange. – Kannst du die Schätze des *Carmilhan* für mich heben? Können deine Hände mehr erwerben als die elendesten Bedürfnisse des Lebens? – Aber sie können meinen Jammer enden – komm, und lass mich das Opfer sein!«

»Wilm, töte die Kuh, töte mich! Es liegt mir nichts daran, es ist mir ja nur um deine Seligkeit zu tun. Ach! Dies ist ja der Piktenaltar, und das Opfer, das du bringen willst, gehört der Finsternis.«

»Ich weiß von nichts dergleichen«, rief Falke wild lachend, wie einer, der entschlossen ist, nichts wissen zu wollen, was ihn von seinem Vorsatz abbringen könnte. »Kaspar, du bist toll und machst mich toll – aber da«, fuhr er fort, indem er das Beil von sich warf und das Messer vom Steine aufnahm, wie wenn er sich durchstoßen wollte, »da, behalte die Kuh statt meiner!«

Kaspar war in einem Augenblick bei ihm, riss ihm das Mordwerkzeug aus der Hand, er fasste das Beil, schwang es hoch um den Kopf und ließ es mit solcher Gewalt auf des geliebten Tieres Kopf fallen, dass es ohne zu zucken und tot zu seines Herrn Füße niederstürzte.

Ein Blitz, begleitet von einem Donnerschlage, folgte dieser raschen Handlung, und Falke starrte seinen Freund mit den Augen an, womit ein Mann ein Kind anstaunen würde, das sich das zu tun getrauet, was er selbst nicht gewagt. Strumpf schien aber weder von dem Donner erschreckt, noch durch das starre Erstaunen seines Gefährten außer Fassung gebracht, sondern fiel, ohne ein Wort zu reden, über die Kuh her und fing an, ihr die Haut abzuziehen. Als Wilm sich ein wenig erholt hatte, half er ihm in diesem Geschäfte, aber mit so sichtbarem Widerwillen, als er vorher begierig gewesen war, das Opfer vollendet zu sehen. Während dieser Arbeit hatte sich das Gewitter zusammengezogen, der Donner brüllte laut im Gebirge, und furchtbare Blitze schlängelten sich um den Stein und über das Moos der Schlucht hin, während der Wind, welcher diese Höhe noch nicht erreicht hatte, die untern Täler und das Gestade mit wildem Heulen erfüllte; und als die Haut endlich abgezogen war, fanden beide Fischer sich schon bis auf die Haut durchnässt. Sie breiteten jene auf dem Boden aus, und Kaspar wickelte und band Falken, so, wie dieser es ihn geheißen, in derselben fest ein. Dann erst, als dies geschehen war, brach der arme Mensch das lange Stillschweigen, und indem er mitleidig auf seinen betörten Freund hinabblickte, fragte er mit zitternder Stimme: »Kann ich noch etwas für dich tun, Wilm?«

»Nichts mehr«, erwiderte der andere, »lebe wohl!«

»Leb wohl«, erwiderte Kaspar, »Gott sei mit dir und vergebe dir, wie ich es tue!«

Dies waren die letzten Worte, welche Wilm von ihm hörte, denn im nächsten Augenblick war er in der immer zunehmenden Dunkelheit verschwunden; und in demselben Augenblicke brach auch einer der fürchterlichsten Gewitterstürme, die Wilm nur je gehört hatte, aus. Er fing an mit einem Blitze, welcher Falken nicht nur die Berge und Felsen in seiner unmittelbaren Nähe, sondern auch das Tal unter ihm, mit dem schäumenden Meere und den in der Bucht zerstreut liegenden Felseninseln zeigte, zwischen welchen er die Erscheinung eines großen fremdartigen und entmasteten Schiffes zu erblicken glaubte, welches auch im Augenblick wieder in der schwärzesten Dunkelheit verschwand. Die Donnerschläge wurden ganz betäubend; eine Masse Felsenstücke rollte vom Gebirge herab und drohte ihn zu erschlagen; der Regen ergoss sich in solcher Menge, dass er in einem Augenblick das enge Sumpftal mit einer hohen Flut überströmte, welche bald bis zu Wilms Schultern hinaufreichte, denn glücklicherweise hatte ihn Kaspar mit dem obern Teile des Körpers auf eine Erhöhung gelegt, sonst hätte er auf einmal ertrinken müssen. Das Wasser stieg immer höher, und je mehr Wilm sich anstrengte, sich aus seiner gefahrvollen Lage zu befreien, desto fester umgab ihn die Haut. Umsonst rief er nach Kaspar; Kaspar war weit weg. Gott in seiner Not anzurufen wagte er nicht, und ein Schauder ergriff ihn, wenn er die Mächte anflehen wollte, deren Gewalt er sich hingegeben fühlte.

Schon drang ihm das Wasser in die Ohren, schon berührte es den Rand der Lippen: »Gott, ich bin verloren!«, schrie er, indem er einen Strom über sein Gesicht hinstürzen fühlte – aber in demselben Augenblick drang ein Schall, wie von einem nahen Wasserfall, schwach in sein Gehör, und sogleich war auch sein Mund wieder unbedeckt. Die Flut hatte sich durch das Gestein Bahn gebrochen; und da auch zu gleicher Zeit der Regen etwas nachließ und das tiefe Dunkel des Himmels sich etwas verzog, so ließ auch seine Verzweiflung nach, und es schien ihm ein Strahl der Hoffnung zurückzukehren. Aber obgleich er sich wie von einem Todeskampfe erschöpft fühlte und sehnlich wünschte, aus seiner Gefangenschaft erlöst zu sein, so war doch der Zweck seines verzweifelten Strebens noch nicht erreicht, und mit der verschwundenen unmittelbaren Lebensgefahr kam auch die Habsucht mit all ihren Furien in seine Brust zurück; aber überzeugt, dass er in seiner Lage ausharren müsse, um sein Ziel zu erreichen, hielt er sich ruhig, und fiel vor Kälte und Ermüdung in einen festen Schlaf.

Er mochte ungefähr 2 Stunden geschlafen haben, als ihn ein kalter Wind, der ihm übers Gesicht fuhr, und ein Rauschen, wie von herannahenden Meereswogen, aus seiner glücklichen Selbstvergessenheit aufrüttelte. Der Himmel hatte sich aufs Neue verfinstert; ein Blitz, wie der, welcher den ersten Sturm herbeigeführt, erhellte noch einmal die Gegend umher, und er glaubte abermals, das fremde Schiff zu erblicken, das jetzt dicht vor der Steenfoll-Klippe auf einer hohen Welle zu hängen und dann jählings in den Abgrund zu schießen schien. Er starrte noch immer nach dem Phantom, denn ein unaufhörliches Blitzen hielt jetzt das Meer erleuchtet, als sich auf einmal eine berghohe Wasserhose aus dem Tale erhob und ihn mit solcher Gewalt gegen einen Felsen schleuderte, dass ihm alle Sinne vergingen. Als er wieder zu sich selbst kam, hatte sich das Wetter verzogen, der Himmel war heiter, aber das Wetterleuchten dauerte noch immer fort. Er lag dicht am Fuße des Gebirges, welches dieses Tal umschloss, und er fühlte sich so zerschlagen, dass er sich kaum zu rühren vermochte. Er hörte das stillere Brausen der Brandung, und mittendrinnen eine feierliche Musik, wie Kirchengesang. Diese Töne waren anfangs so schwach, dass er sie für Täuschung hielt; aber sie ließen sich immer wieder aufs Neue vernehmen, und jedes Mal deutlicher und näher, und es schien ihm zuletzt, als könne er darin die Melodie eines Psalms unterscheiden, die er im vorigen Sommer an Bord eines holländischen Heringfängers gehört hatte.

Endlich unterschied er sogar Stimmen, und es deuchte ihm, als vernehme er sogar die Worte jenes Liedes; die Stimmen waren jetzt in dem Tale, und als er sich mit Mühe zu einem Stein hingeschoben, auf den er den Kopf legte, erblickte er wirklich einen Zug von menschlichen Gestalten, von welchen diese Musik ausging, und der sich gerade auf ihn zu bewegte. Kummer und Angst lag auf den Gesichtern der Leute, deren Kleider von Wasser zu triefen schienen. Jetzt waren sie dicht bei ihm, und ihr Gesang schwieg. An ihrer Spitze waren mehrere Musikanten, dann mehrere Seeleute, und hinter diesen kam ein großer starker Mann in altväterlicher, reich mit Gold besetzter Tracht, mit einem Schwert an der Seite und einem langen dicken spanischen Rohr mit goldenen Knöpfen in der Hand. Ihm zur Seite ging ein schwarzer Knabe, welcher seinem Herrn von Zeit zu Zeit eine lange Pfeife reichte, aus der er einige feierliche Züge tat und dann weiterschritt. Er blieb kerzengerade vor Wilm stehen, und ihm zu beiden Seiten stellten sich andere, minder prächtig gekleidete Männer, welche alle Pfeifen in den Händen hatten, die aber nicht so kostbar schienen als die Pfeife, welche dem dicken Manne nachgetragen wurde. Hinter diesen traten andere Personen auf, worunter mehrere Frauenspersonen, von denen einige Kinder in den Armen oder an der Hand hatten, alle in kostbarer, aber fremdartiger Kleidung; ein Haufen holländischer Matrosen schloss den Zug, deren jeder den Mund voll Tabak und zwischen den Zähnen ein braunes Pfeifchen hatte, das sie in düsterer Stille rauchten.

Der Fischer blickte mit Grausen auf diese sonderbare Versammlung; aber die Erwartung dessen, das da kommen werde, hielt seinen Mut aufrecht. Lange standen sie so um ihn her, und der Rauch ihrer Pfeifen erhob sich wie eine Wolke über sie, zwischen welcher die Sterne hindurchblinkten. Der Kreis zog sich immer enger um Wilm her, das Rauchen ward immer heftiger, und dicker die Wolke, die aus Mund und Pfeifen hervorstieg. Falke war ein kühner, verwegener Mann; er hatte sich auf Außerordentliches vorbereitet – aber als er diese unbegreifliche Menge immer näher auf ihn eindringen sah, als wolle sie ihn mit ihrer Masse erdrücken, da entsank ihm der Mut, dicker Schweiß trat ihm vor die Stirne, und er glaubte vor Angst vergehen zu müssen. Aber man denke sich erst seinen Schrecken, als er von ungefähr die Augen wandte und dicht an seinem Kopf das gelbe Männchen steif und aufrecht sitzen sah, als wie er es zum ersten Mal erblickt, nur dass es jetzt, als wie zum Spotte der ganzen Versammlung, auch eine Pfeife im Munde hatte. In der Todesangst, die ihn jetzt ergriff, rief er zu der Hauptperson gewendet: »Im Namen dessen, dem Ihr dienet, wer seid Ihr? Und was verlangt Ihr von mir?« Der große Mann rauchte drei Züge, feierlicher als je, gab dann die Pfeife seinem Diener, und antwortete mit schreckhafter Kälte:

»Ich bin *Aldret Franz Vander Swelder*, Befehlshaber des Schiffes *Carmilhan* von Amsterdam, welches auf dem Heimwege von *Batavia* mit Mann und Maus an dieser Felsenküste zu Grunde ging: dies sind meine Offiziere, dies meine Passagiere, und jenes meine braven Seeleute, welche alle mit mir ertranken. Warum hast du uns aus unsern tiefen Wohnungen im Meere hervorgerufen? Warum störtest du unsere Ruhe?«

»Ich möchte wissen, wo die Schätze des *Carmilhan* liegen.«

»Am Boden des Meeres.«

»Wo?«

»In der Höhle von Steenfoll.«

»Wie soll ich sie bekommen?«

»Eine Gans taucht in den Schlund nach einem Hering, sind die Schätze des Carmilhan nicht ebenso viel wert?«

»Wie viel davon werd ich bekommen?«

»Mehr als du je verzehren wirst.« Das gelbe Männchen grinste, und die ganze Versammlung lachte laut auf. »Bist du zu Ende?«, fragte der Hauptmann weiter.

»Ich bin's. Gehab dich wohl!«

»Leb wohl, bis aufs Wiedersehen«, erwiderte der Holländer und wandte sich zum Gehen, die Musikanten traten aufs Neue an die Spitze, und der ganze Zug entfernte sich in derselben Ordnung, in welcher er gekommen war, und mit demselben feierlichen Gesang, welcher mit der Entfernung immer leiser und undeutlicher wurde, bis er sich, nach einiger Zeit, gänzlich im Geräusche der Brandung verlor. Jetzt strengte Wilm seine letzten Kräfte an, sich aus seinen Banden zu befreien, und es gelang ihm endlich, einen Arm loszubekommen, womit er die ihn umwindenden Stricke löste und sich endlich ganz aus der Haut wickelte. Ohne sich umzusehen, eilte er nach seiner Hütte und fand den armen Kaspar Strumpf in starrer Bewusstlosigkeit am Boden liegen. Mit Mühe brachte er ihn wieder zu sich selbst, und der gute Mensch weinte vor Freude, als er den verloren geglaubten Jugendfreund wieder vor sich sah. Aber dieser beglückende Strahl verschwand schnell wieder, als er von diesem vernahm, welch verzweifeltes Unternehmen er jetzt vorhatte.

»Ich wollte mich lieber in die Hölle stürzen, als diese nackten Wände und dieses Elend länger ansehen. – Folge mir oder nicht, ich gehe.« Mit diesen Worten fasste Wilm eine Fackel, ein Feuerzeug und ein Seil und eilte davon. Kaspar eilte ihm nach, so schnell er's vermochte, und fand ihn schon auf dem Felsstück stehen, auf welchem er vormals gegen dem Sturme Schutz gefunden, und bereit, sich an dem Stricke in den schwarzen brausenden Schlund hinabzulassen. Als er fand, dass alle seine Vorstellungen nichts über den rasenden Menschen vermochten, bereitete er sich, ihm nachzusteigen, aber Falke befahl ihm, zu bleiben und den Strick zu halten. Mit furchtbarer Anstrengung, wozu nur die blindeste Habsucht den Mut und die Stärke geben konnte, kletterte Falke in die Höhle hinab, und kam endlich auf ein vorspringendes Felsenstück zu stehen, unter welchem die Wogen schwarz, und mit weißem Schaume bekräuselt, brausend dahineilten. Er blickte begierig umher, und sah endlich etwas gerade unter ihm im Wasser schimmern. Er legte die Fackel nieder, stürzte sich hinab, und erfasste etwas Schweres, das er auch heraufbrachte. Es war ein eisernes Kästchen voller Goldstücke. Er verkündigte seinem Gefährten, was er gefunden, wollte aber durchaus nicht auf sein Flehen hören, sich damit zu begnügen und wieder heraufzusteigen. Falke meinte, dies wäre nur die erste Frucht seiner langen Bemühungen. Er stürzte sich noch einmal hinab – es erscholl ein lautes Gelächter aus dem Meere und Wilm Falke ward nie wieder gesehen. Kaspar ging allein nach Hause, aber als ein anderer Mensch. Die seltsamen Erschütterungen, die sein schwacher Kopf und sein empfindsames Herz erlitten, zerrütteten ihm die Sinne. Er ließ alles um sich her verfallen und wanderte Tag und Nacht, gedankenlos vor sich starrend, umher, von allen seinen vorigen Bekannten bedauert und vermieden. Ein Fischer will Wilm Falke in einer stürmischen Nacht, mitten unter der Mannschaft des Carmilhan am Ufer erkannt haben, und in derselben Nacht verschwand auch Kaspar Strumpf.

Man suchte ihn allenthalben, allein nirgends hat man eine Spur von ihm finden können. Aber die Sage geht, dass er oft nebst Falke mitten unter der Mannschaft des Zauberschiffes gesehen worden sei, welches seitdem zu regelmäßigen Zeiten an der Höhle von Steenfoll erschien.

Louisa May Alcott

Gute Nachbarschaft

»Was in aller Welt hast du vor, Jo?«, fragte Meg eines verschneiten Nachmittags, als ihre Schwester in Gummistiefeln, altem Mantel und alter Haube durch den Flur stapfte, in der einen Hand einen Besen und in der anderen einen Spaten.

»Ich geh raus, ich brauch Bewegung«, erwiderte Jo mit einem schelmischen Funkeln in den Augen.

»Ich hätte gedacht, zwei lange Spaziergänge heute Morgen wären genug. Es ist kalt und trübe draußen. Bleib doch lieber so wie ich hier am Feuer, im Warmen und Trockenen«, sagte Meg fröstelnd.

»Ich will keine Ratschläge. Ich kann nicht den ganzen Tag rumsitzen, und da ich keine Katze bin, hab ich auch keine Lust, vorm Feuer zu dösen. Ich will Abenteuer, und ich geh jetzt los und such mir welche.«

Meg ging zurück, um sich die Füße zu wärmen und *Ivanhoe* zu lesen, und Jo begann mit großer Tatkraft, Schnee zu schippen. Der Schnee war leicht, und mit ihrem Besen hatte sie bald einen Pfad durch den ganzen Garten freigelegt, sodass Beth spazieren gehen konnte, sobald die Sonne hervorkam und die kranken Püppchen an die Luft mussten. Der Garten lag zwischen dem Haus der Marches und dem von Mr Laurence. Beide befanden sich in einem Vorort der Stadt, der immer noch sehr ländlich war, mit kleinen Wäldchen und Rasenflächen, großen Gärten und stillen Straßen. Eine niedrige Hecke trennte die beiden Grundstücke. Auf der einen Seite stand ein altes braunes Haus, das ohne die Ranken, die im Sommer die Fassade bedeckten, und die Blumen, die ringsherum wuchsen, ein wenig nackt und schäbig aussah. Auf der anderen Seite stand ein stattliches steinernes Herrenhaus, das jederart Komfort und Luxus zu bieten schien, vom großen Kutscherhaus und der gepflegten Anlage bis hin zum Wintergarten und den schönen Möbeln, die man zwischen den üppigen Vorhängen erspähen konnte.

Dennoch schien es ein einsames, lebloses Haus zu sein, denn es tollten keine Kinder auf dem Rasen, keine Mutter stand lächelnd im Fenster, und nur wenige Menschen gingen ein und aus, nur der alte Herr und sein Enkelsohn.

In Jos lebhafter Fantasie war dieses vornehme Haus eine Art verzauberter Palast voller wunderbarer Reichtümer, an denen sich jedoch niemand erfreute. Schon lange hatte sie Lust, diese versteckten Herrlichkeiten zu entdecken und den ›Laurence-Jungen‹ näher kennenzulernen, der durchaus den Eindruck machte, als wollte auch er kennengelernt werden, aber wüsste nicht, wie man es anstellen sollte. Seit dem Tanzabend war sie eifriger als je zuvor gewesen und hatte allerhand Möglichkeiten ersonnen, um sich mit ihm anzufreunden, doch er hatte sich in letzter Zeit kaum blicken lassen. Jo hatte allmählich schon zu befürchten begonnen, er sei verreist, bis sie eines Tages in einem der Fenster des oberen Stockwerks das dunkle Gesicht eines Jungen entdeckt hatte, der wehmütig hinunter in ihren Garten sah, wo sich Beth und Amy eine Schneeballschlacht lieferten.

›Dieser Junge braucht Freunde und Spaß‹, hatte sie zu sich gesagt. ›Sein Großvater weiß nicht, was gut für ihn ist, und sperrt ihn zu Hause ein. Er braucht ein paar lustige Jungen zum Spielen oder jemand Junges und Lebhaftes. Am liebsten würde ich rübergehen und dem alten Herrn mal die Meinung sagen!‹

Diese Idee hatte Jo, die gerne gewagte Dinge tat und Meg mit ihren eigenwilligen Auftritten schockierte, belustigt. Der Plan war keineswegs in Vergessenheit geraten. Und als der verschneite Nachmittag kam, nahm Jo sich vor, einen Vorstoß zu wagen. Sie sah Mr Laurence davonfahren und spazierte hinaus, um sich ihren Weg bis zur Hecke zu bahnen, an der sie stehenblieb und die Lage sondierte. Alles war ruhig, vor den Erdgeschossfenstern waren die Vorhänge zugezogen, Dienstboten waren keine in Sicht und auch sonst niemand, bis auf den schwarzen Lockenkopf, der sich oben an einem der Fenster auf eine schmale Hand stützte.

›Da ist er‹, dachte Jo, ›der arme Junge! Ganz allein und krank an einem so trüben Tag. Schlimme Sache! Ich werd einen Schneeball zu ihm raufwerfen, damit er rausguckt, und dann sag ich irgendwas Nettes.‹

Und schon flog eine Handvoll weicher Schnee hinauf. Sofort drehte sich der Kopf des Jungen, sein Gesicht verlor seinen lustlosen Ausdruck, die großen Augen hellten sich auf und der Mund formte sich zu einem Lächeln. Jo nickte und lachte, schwenkte ihren Besen und rief:

»Guten Tag! Bist du krank?«

Laurie öffnete das Fenster und krächzte wie ein Rabe:

»Schon besser, danke. Ich hatte eine furchtbare Erkältung und sitze schon die ganze Woche zu Hause.«

»Das tut mir leid. Was machst du, um dich zu vergnügen?«

»Nichts, es ist sterbenslangweilig hier.«

»Liest du nicht?«

»Nicht viel, ich soll nicht lesen.«

»Kann dir nicht jemand vorlesen?«

»Großvater macht das manchmal, aber meine Bücher interessieren ihn nicht, und Brooke will ich nicht ständig fragen.«

»Dann lass dich doch von jemandem besuchen.«

»Es gibt aber niemanden, den ich sehen möchte. Jungen machen immer so viel Lärm, und mir tut der Kopf weh.«

»Gibt es nicht irgendein nettes Mädchen, das dir vorlesen und dich ein bisschen bespaßen könnte? Mädchen sind ruhig und spielen gern Krankenschwester.«

»Ich kenn keine.«

»Du kennst uns«, begann Jo lachend, hielt dann aber inne.

»Das stimmt! Würdest du kommen?«, rief Laurie.

»Ich bin zwar nicht ruhig und nett, aber ich komme gern, wenn Mutter mich lässt. Ich geh mal fragen. Sei ein braver Junge, mach das Fenster zu und warte auf mich.«

Und damit schulterte Jo ihren Besen, marschierte ins Haus und fragte sich, was die anderen wohl sagen würden. Laurie war ein bisschen aufgeregt bei dem Gedanken, Besuch zu bekommen, und rannte herum, um sich darauf vorzubereiten. Er war, wie Mrs March richtig festgestellt hatte, eben ein ›kleiner Gentleman‹ und erwies dem Gast die Ehre, indem er sich die Locken bürstete, einen frischen Kragen anlegte und versuchte, sein Zimmer in Ordnung zu bringen, das trotz einer Handvoll Dienstboten alles andere als aufgeräumt war. Kurz darauf klingelte es laut an der Haustür, eine entschlossene Stimme fragte nach ›Mr Laurie‹ und ein überraschtes Hausmädchen kam nach oben gelaufen, um eine junge Dame anzukündigen.

»Gut, sie soll raufkommen, das ist Miss Jo«, sagte Laurie und ging an die Tür seines kleinen Wohnzimmers, um Jo in Empfang zu nehmen, rosig, freundlich und ziemlich unbefangen, in der einen Hand einen zugedeckten Teller und in der anderen Beths drei Kätzchen.

»Da bin ich, mit Kind und Kegel«, sagte sie energisch. »Mutter lässt herzlich grüßen und freut sich, dass ich was für dich tun kann. Meg hat mir etwas von ihrem Mandelpudding für dich mitgegeben, ihre Spezialität, und Beth dachte, ihre Katzen würden dich trösten. Ich wusste, du würdest dich totlachen, aber ich konnte nicht ›Nein‹ sagen, sie wollte halt unbedingt helfen.«

Beths witzige Leihgabe entpuppte sich als goldrichtig, denn beim Lachen über die Kätzchen vergaß Laurie seine Scheu und fasste sofort Vertrauen.

»Das ist doch viel zu schön zum Essen«, sagte er und lächelte erfreut, als Jo den Pudding enthüllte, der mit einer Girlande aus grünen Blättern und roten Blüten von Amys privater Geranie garniert war.

»Ist nur eine Kleinigkeit, um zu zeigen, dass sie an dich denken. Das Mädchen soll ihn bis zum Tee wegstellen. Er ist leicht zu essen, er rutscht einfach durch – gut bei Halsschmerzen. So ein gemütliches Zimmer!«

»Das wäre wohl der Fall, wenn es aufgeräumt wäre, aber die Dienstmädchen sind faul und ich weiß einfach nicht, wie ich sie zum Arbeiten bringe. Wirklich anstrengend.«

»Ich räum es dir in zwei Minuten auf, denn eigentlich muss man nur mal den Kamin fegen, so –, und die Sachen auf dem Kaminsims zurechtrücken –, und die Bücher hierhin legen und die Flaschen dorthin stellen, und dein Sofa aus dem Licht drehen, und die Kissen etwas aufschütteln. Guck, fertig.«

Und so war es, denn beim Lachen und Plaudern hatte Jo alles im Handumdrehen auf seinen Platz gestellt, was dem Raum eine ganz andere Atmosphäre gab. Laurie beobachtete sie mit ehrfürchtigem Schweigen. Und als sie ihn auf sein Sofa winkte, setzte er sich mit einem zufriedenen Seufzer und den dankbaren Worten:

»Das ist aber sehr nett vor dir! Ja, genau das hat gefehlt. Jetzt setz du dich in den großen Sessel und lass mich etwas tun, um meinen Besuch zu unterhalten.«

»Nein, ich bin gekommen, um dich zu unterhalten. Soll ich dir was vorlesen?«, fragte Jo mit einem liebevollen Blick auf einige Bücher, die einladend in der Nähe lagen.

»Danke; die hab ich alle schon gelesen, und wenn's dir nichts ausmacht, würde ich mich lieber unterhalten«, erwiderte Laurie.

»Kein bisschen. Ich kann den ganzen Tag reden, wenn ich erstmal in Fahrt bin. Beth meint, ich wüsste nie, wann es genug ist.«

»Ist Beth die mit den rosigen Wangen, die viel zu Hause ist und ab und zu mit einem kleinen Körbchen rausgeht?«

»Ja, das ist Beth. Sie ist mein Schatz und ein wahnsinnig liebes Mädchen obendrein.«

»Die Hübsche ist Meg, und die mit den Locken ist Amy, hab ich Recht?«

»Wie hast du das denn rausgefunden?«

Laurie errötete, erwiderte aber aufrichtig: »Na ja, weißt du, ich höre oft, wie ihr euch was zuruft. Und wenn ich hier oben allein bin, kann ich nicht anders, als zu euch rüberzuschauen, ihr scheint immer so viel Spaß zu haben. Entschuldige, dass ich so direkt bin, aber manchmal vergesst ihr, dort am Fenster, wo die Blumen stehen, die Vorhänge zuzuziehen. Und wenn das Licht brennt, seid ihr wie ein Gemälde – das Kaminfeuer, und ihr alle am Tisch mit eurer Mutter. Ihr Gesicht ist genau gegenüber, und sie sieht hinter den Blumen so lieb aus. Ich muss immer wieder hinschauen. Ich selbst hab ja keine Mutter, weißt du.«

Und Laurie stocherte mit dem Schürhaken im Feuer herum, um vor Jo das unkontrollierbare leichte Zucken seiner Lippen zu verbergen.

Der einsame leere Blick in seinen Augen ging Jo ans Herz. Sie war so aufrichtig erzogen, dass sie keinen Blödsinn im Kopf hatte, und mit ihren fünfzehn Jahren war sie so unschuldig und offen wie ein Kind. Laurie war krank und einsam. Und wohlwissend, wie reich sie an familiärer Liebe und Glück war, wollte sie ihn nur zu gerne daran teilhaben lassen. Sie blickte sehr freundlich, und ihre scharfe Stimme war ungewöhnlich sanft, als sie sagte:

»Wir werden nie wieder den Vorhang zuziehen, und meinetwegen darfst du so viel rüberschauen, wie du willst. Ich wünschte nur, du würdest vorbeikommen, statt uns zu beobachten. Mutter ist so wunderbar, sie wird dir unendlich guttun, Beth würde für dich singen, wenn ich sie auf Knien darum bitte, und Amy würde tanzen. Wir hätten so viel Spaß. Dein Großvater würde es dir doch bestimmt erlauben?«

»Ich denke schon, wenn deine Mutter ihn fragt. Er ist sehr nett, auch wenn er nicht so aussieht, und eigentlich darf ich tun und lassen, was ich will. Er hat nur Angst, dass ich wildfremden Leuten auf die Nerven gehen könnte«, begann Laurie, dessen Miene sich immer mehr aufhellte.

»Wir sind doch keine wildfremden Leute, wir sind Nachbarn, und du darfst niemals denken, du würdest uns auf die Nerven gehen. Wir *wollen* dich ja kennenlernen, das hab ich mir schon lange gewünscht. Weißt du, wir wohnen zwar noch nicht allzu lange hier, aber wir kennen inzwischen alle unsere Nachbarn, nur euch nicht.«

»Du musst verstehen, Großvater lebt in seiner Bücherwelt, und was draußen passiert, ist ihm ziemlich egal. Mein Hauslehrer, Mr Brooke, wohnt nicht bei uns, weißt du, und ich hab niemanden, der mit mir rumzieht, also bleibe ich einfach zu Hause und schaue, wie ich allein zurechtkomme.«

»Das ist nicht gut. Du solltest dich trauen und allen einen Besuch abstatten, die dich einladen. Dann hast du viele Freunde und kannst dorthin gehen, wo es schön ist. Und das mit der Schüchternheit, das gibt sich schnell, du musst es nur machen.«

Wieder errötete Laurie. Doch er fühlte sich nicht angegriffen, denn Jo strahlte so viel Wohlwollen aus, dass es unmöglich war, ihr ihre unverblümte Rede krumm zu nehmen.

»Gehst du gern zur Schule?«, fragte der Junge, um nach einer kleinen Pause das Thema zu wechseln. Er starrte ins Feuer, während sich Jo zufrieden im Zimmer umsah.

»Ich geh nicht zur Schule. Ich bin Geschäftsmann – Geschäftsmädchen, meine ich. Ich kümmere mich um meine alte Tante, ein ziemliches Stück Arbeit«, entgegnete Jo.

Laurie lag die nächste Frage auf der Zunge, doch ihm fiel gerade noch rechtzeitig ein, dass es unhöflich war, zu viele persönliche Fragen zu stellen. Also klappte er den Mund wieder zu, wobei er aussah, als wäre ihm unbehaglich zumute. Jo mochte seine guten Umgangsformen und fand nichts dabei, sich ein bisschen über Tante March lustig zu machen, also schilderte sie ihm lebhaft die nervöse alte Dame mit ihrem übergewichtigen Pudel, dem Spanisch sprechenden Papagei und der himmlischen Bibliothek. Laurie amüsierte sich königlich. Und als sie von dem steifen alten Gentleman erzählte, der einmal aufgetaucht war, um Tante March den Hof zu machen, und wie Polly ihm zu seinem großen Verdruss inmitten seiner vornehmen Rede das Toupet vom Kopf gezwackt hatte, lehnte sich der Junge Tränen lachend zurück, bis ein Hausmädchen ins Zimmer sah und fragte, ob alles in Ordnung sei.

»Oh! Das tut so gut, mach weiter, bitte«, sagte er und löste sein vor Heiterkeit rotglänzendes Gesicht vom Sofakissen.

Angeregt durch ihren Erfolg erzählte Jo tatsächlich weiter – von ihren Theaterstücken und Plänen, ihren Hoffnungen und Ängsten wegen Vater, und von den interessantesten Ereignissen aus der kleinen Welt der vier Schwestern. Sie kamen auf Bücher zu sprechen, und zu ihrem Entzücken stellte Jo fest, dass Laurie genauso ein Bücherwurm war wie sie, und sogar weit mehr gelesen hatte als sie selbst.

»Wenn du so gern liest, komm mit nach unten und schau dir unsere Bibliothek an. Keine Angst, Großvater ist nicht da«, sagte Laurie und stand auf.

»Ich hab vor gar nichts Angst«, erwiderte Jo und warf den Kopf zurück.

»Das glaub ich gern!«, rief der Junge und sah sie bewundernd an, wobei er insgeheim dachte, dass sie allen Grund gehabt hätte, wenigstens ein klein wenig Angst vor dem alten Herrn zu haben, zumindest dann, wenn er schlechte Laune hatte.

Das ganze Haus hatte eine sommerliche Atmosphäre. Laurie führte sie von Zimmer zu Zimmer, und Jo durfte nach Lust und Laune stehenbleiben und alles betrachten. Auf diese Weise erreichten sie schließlich die Bibliothek, wo sie hüpfend in die Hände klatschte, wie immer, wenn sie besonders entzückt war. Es gab regalweise Bücher sowie Bilder, Statuen und verwirrende kleine Vitrinen voller Münzen und Kuriositäten, bequeme Sessel, merkwürdige Tische, Bronzestatuen und – das Beste – einen großen offenen Kamin mit altmodischen Kacheln.

»Ist das eine Pracht!«, seufzte Jo und ließ sich behaglich in einen weichen Samtsessel sinken. »Theodore Laurence, du musst der glücklichste Junge auf Erden sein«, fügte sie gewichtig hinzu.

»Der Mensch lebt nicht von Büchern allein«, sagte Laurie und hockte sich kopfschüttelnd auf einen Tisch gegenüber.

Bevor er noch mehr sagen konnte, läutete eine Glocke. Jo sprang hoch und rief erschrocken: »Ach herrje! Dein Großvater kommt!«

»Na, und wenn schon. Du hast doch vor nichts Angst, oder wie war das noch gleich?«, entgegnete der Junge verschmitzt.

»Ich glaube, ein bisschen Angst hab ich doch vor ihm, dabei weiß ich gar nicht, wieso. Ich habe Marmees Erlaubnis, hier zu sein, und nicht den Eindruck, dass es dir geschadet hat«, sagte Jo Haltung annehmend, ohne die Tür aus den Augen zu lassen.

»Mir hat es sogar gut getan, und ich bin dir sehr verbunden. Ich fürchte nur, du bist es jetzt leid, dich mit mir zu unterhalten. Es war so schön, ich will gar nicht mehr aufhören«, sagte Laurie dankbar.

»Der Doktor ist hier, um Sie zu sehen«, sagte das Hausmädchen und winkte Laurie zu sich.

»Würde es dir was ausmachen, wenn ich dich kurz allein lasse? Ich muss zu ihm«, sagte Laurie.

»Keine Sorge. Ich fühl mich hier pudelwohl«, erwiderte Jo.

Laurie ging, und die Besucherin vergnügte sich auf ihre Art. Gerade stand sie vor einem edlen Portrait des alten Herrn, als die Tür wieder aufging und sie, ohne sich umzudrehen, sagte: »Ich bin sicher, dass ich doch keine Angst vor ihm haben muss. Er hat zwar einen bitteren Zug um den Mund, aber freundliche Augen, und er wirkt extrem willensstark. Er ist nicht so gutaussehend wie *mein* Großvater, aber ich mag ihn.«

»Danke sehr, Ma'am«, sagte eine schroffe Stimme hinter ihr. Und dort stand zu ihrem Entsetzen der alte Mr Laurence.

Die arme Jo wurde rot und röter, und beim Gedanken an das, was sie da gerade gesagt hatte, begann ihr Herz unbehaglich zu wummern. Kurz wurde sie von dem Wunsch gepackt, einfach wegzulaufen, aber das wäre feige gewesen, und die Mädchen hätten sie ausgelacht. Sie blieb und beschloss, sich irgendwie aus dem Schlamassel zu befreien. Ein zweiter Blick verriet ihr, dass die echten Augen unter den buschigen Brauen noch freundlicher waren als die gemalten, und das verschmitzte Funkeln nahm ihr ein wenig ihre Angst. Seine Stimme war schroffer denn je, als der alte Herr nach dieser schrecklichen Pause auf einmal sagte: »Du hast also keine Angst vor mir, wie?«

»Nicht viel, Sir.«

»Und du findest mich nicht so gutaussehend wie deinen Großvater?«

»Nicht ganz, Sir.«

»Und ich bin extrem willensstark, ja?«

»Ich hab nur gesagt, dass es mir so vorkommt.«

»Aber du magst mich trotzdem?«

»Ja, Sir, das tu ich.«

Diese Antwort erfreute den alten Herrn. Er stieß einen kurzen Lacher aus, schüttelte ihr die Hand, hob mit einem Finger ihr Kinn und sagte nickend: »Du hast den Schneid deines Großvaters, wenn auch nicht sein Gesicht. Er war wirklich ein feiner Kerl, meine Liebe. Aber vor allem war er ein tapferer und ehrlicher Kerl, und ich war stolz darauf, mit ihm befreundet gewesen zu sein.«

»Danke, Sir«, sagte Jo glücklich, denn sie war ganz seiner Meinung.

»Was hast du bloß mit meinem Jungen angestellt?«, lautete die nächste scharfe Frage.

»Es ging mir nur um gute Nachbarschaft, Sir«, sagte Jo und erklärte ihm, wie es zu dem Besuch gekommen war.

»Du meinst also, er muss ein bisschen aufgeheitert werden?«

»Ja, Sir, er scheint mir etwas einsam zu sein, und junge Leute würden ihm vielleicht guttun. Wir sind nur Mädchen, aber wir würden uns freuen, wenn wir helfen könnten, denn wir haben keinesfalls Ihr großartiges Weihnachtsgeschenk vergessen«, sagte Jo eifrig.

»Ach was, der Junge hatte die Idee. Wie geht's der armen Frau?«

»Ganz gut, Sir.« Und Jo erzählte hastig von den Hummels, auf deren Schicksal ihre Mutter noch andere, reichere Bekannte aufmerksam gemacht hatte.

»Sie ist da genau wie ihr Vater. Eines schönen Tages werde ich deiner Mutter einen Besuch abstatten. Sag ihr das. Da, es läutet zum Tee. Wir nehmen ihn wegen des Jungen immer sehr früh. Du bleibst doch, als gute Nachbarin?«

»Wenn ich darf, Sir.«

»Sonst hätte ich dich nicht gefragt«, sagte Mr Laurence und bot ihr ganz altmodisch höflich seinen Arm.

›Meg wird total baff sein‹, dachte Jo und marschierte mit ihm davon. Ihre Augen tanzten vor Vergnügen beim Gedanken daran, nachher zu Hause von ihren Erlebnissen zu erzählen.

»Na sowas! Was ist denn in dich gefahren, junger Mann?«, sagte der alte Herr, als Laurie die Treppe hinunterstürzte und zu seinem größten Erstaunen sah, wie Jo und der gefürchtete Großvater untergehakt dastanden.

»Ich hab gar nicht mitbekommen, dass du schon da bist, Großvater«, begann er, während Jo ihm einen triumphierenden Blick zuwarf.

»Das dachte ich mir, so, wie du die Treppe runterpolterst. Komm, es gibt Tee, und benimm dich wie ein Gentleman.« Und nachdem er dem Jungen wohlwollend durchs Haar gefahren war, ging Mr Laurence voran, während Laurie hinter dem Rücken der beiden eine ganze Reihe von Faxen machte, die Jo vor Lachen fast platzen ließen.

Der alte Herr redete während seiner vier Tassen Tee nicht viel, doch er beobachtete die jungen Leute, die bald wie alte Freunde drauflos plauderten. Die Veränderung in seinem Enkelsohn entging ihm nicht. Farbe, Licht und Leben spiegelten sich im Gesicht des Jungen, in seinen Gesten war Schwung und in seinem Lachen echte Fröhlichkeit.

›Sie hat Recht, der Junge ist wirklich einsam. Mal sehen, was diese kleinen Mädchen für ihn tun können‹, dachte Mr Laurence beim Zuschauen und Zuhören. Er mochte Jo mit ihrer ungewöhnlichen und direkten Art. Und den Jungen schien sie so gut zu verstehen, als wäre sie selbst einer.

Wären die Laurences das gewesen, was Jo ›steif und spröde‹ nannte, hätte sie sich wohl nicht mit ihnen verstanden, denn solche Menschen machten sie schüchtern und verkrampft. Aber da sie sich offen und ungezwungen zeigten, gab sich auch Jo so, wodurch sie einen guten Eindruck hinterließ. Als man vom Tisch aufstand, wollte Jo Abschied nehmen, doch Laurie sagte, er müsse ihr noch etwas zeigen, und er nahm sie mit in die Orangerie, wo eigens Licht gemacht worden war. Jo kam sich vor wie im Märchen. Sie schlenderte durch die Gänge und bestaunte die blühenden Wände um sie herum – das weiche Licht, die feuchte süße Luft, die wundervollen Ranken und Bäume über ihr –, und ihr neuer Freund begann so viele der schönsten Blumen abzuschneiden, bis seine Hände voll waren. Er band sie zu einem Strauß und sagte mit jenem glücklichen Gesicht, das Jo so gut gefiel: »Gib ihn bitte deiner Mutter und richte ihr aus, dass mir die Medizin, die sie geschickt hat, sehr guttut.«

Sie fanden Mr Laurence im großen Salon vor dem Kamin, doch Jo hatte nur Augen für den Flügel, der aufgeklappt dastand.

»Spielst du?«, fragte sie und drehte sich mit ehrfürchtigem Blick zu Laurie.

»Manchmal«, erwiderte er bescheiden.

»Spiel doch bitte was. Ich möchte es hören, damit ich Beth davon erzählen kann.«

»Nach dir.«

»Ich kann nicht spielen – viel zu unbegabt, aber ich liebe Musik über alles.«

Also spielte Laurie, und Jo lauschte, die Nase tief vergraben in den herrlichen Vanilleblumen und Teerosen. Ihre Achtung vor dem ›Laurence-Jungen‹ wuchs in beträchtlichem Maße, denn er spielte erstaunlich gut, und ganz ohne Aufhebens. Sie wünschte, Beth könnte ihn hören, aber sie sagte nichts. Sie lobte ihn nur, sodass er ganz verlegen wurde und sein Großvater rettend eingreifen musste.

»Genug jetzt, junge Dame, sonst steigt's ihm noch zu Kopf. Er spielt nicht schlecht, ich hoffe allerdings, dass er in wichtigeren Dingen genauso erfolgreich wird. Willst du gehen? Nun, ich danke dir sehr, hoffentlich kommst du bald wieder. Beste Grüße an deine Mutter. Gute Nacht, Doktor Jo.«

Er gab ihr freundlich die Hand, sah dabei aber so aus, als wäre irgendetwas zu seiner Unzufriedenheit. Als sie in die Halle traten, fragte Jo, ob sie etwas Falsches gesagt habe. Laurie schüttelte den Kopf.

»Nein, ich war's. Er hört mich nicht gern spielen.«

»Warum nicht?«

»Erzähl ich dir ein andermal. John begleitet dich nach Hause. Ich darf ja nicht.«

»Nicht nötig. Ich bin keine junge Dame, und es ist nicht weit. Pass auf dich auf, ja?«

»Ja, aber du kommst doch wieder, hoffe ich?«

»Nur wenn du versprichst, bei uns vorbeizukommen, sobald du wieder gesund bist.«

»Werde ich.«

»Gute Nacht, Laurie!«

»Gute Nacht, Jo, gute Nacht!«

Hans Christian Andersen

Die Schneekönigin

Erste Geschichte, die vom Spiegel und den Splittern handelt

Seht nur! jetzt fangen wir an. Wenn wir am Ende der Geschichte angekommen sind, wissen wir mehr, als wir jetzt wissen, denn da war einmal ein böser Troll! es war einer von den allerschlimmsten, es war der *Deubel*! Eines Tages war er richtig guter Laune, denn er hatte einen Spiegel gemacht, der die Eigenschaft besaß, dass alles Gute und Schöne, das sich darin spiegelte, darin beinahe zu Nichts zusammenschmolz, aber was nichts taugte und übel aussah, das trat so recht hervor und wurde noch schlimmer. Die herrlichsten Landschaften sahen darin aus wie gekochter Spinat, und die besten Menschen wurden ekelhaft oder standen auf dem Kopf ohne Bauch, die Gesichter wurden so verdreht, dass sie nicht wiederzuerkennen waren, und hatte man eine Sommersprosse, dann konnte man sicher sein, dass sie sich ausdehnte über Nase und Mund. Das war überaus lustig, sagte ›der Deubel‹. Ging nun ein guter frommer Gedanke durch einen Menschen, dann entstand ein Grinsen im Spiegel, dass der Trollteufel lachen musste über seine kunstreiche Erfindung. Alle, die in die Trollschule gingen (er hielt nämlich eine Trollschule ab), erzählten ringsum, es sei ein Wunder geschehen; jetzt erst könne man sehen, meinten sie, wie die Welt und die Menschen wirklich aussahen. Sie liefen mit dem Spiegel herum, und zuletzt gab es kein Land und keinen Menschen mehr, die nicht darin verdreht worden wären. Nun wollten sie auch zum Himmel selbst hinauffliegen, um die Engel und ›den Herrgott‹ zum Gespött zu machen. Je höher sie mit dem Spiegel flogen, desto stärker grinste es darin, sie konnten ihn kaum noch festhalten; höher und höher flogen sie hinauf, näher zu Gott und den Engeln; da zitterte der Spiegel so fürchterlich in seinem Grinsen, dass er ihnen aus den Händen fuhr und zur Erde hinunterstürzte, wo er in hunderte von Millionen, Billionen und noch mehr Stücke ging, und gerade so brachte er noch viel größeres Unglück als vorher; denn manche Stückchen waren kaum so groß wie ein Sandkorn, und diese flogen in der weiten Welt umher, und wo sie Leuten in die Augen gerieten, da blieben sie sitzen, und da sahen die Menschen alles verkehrt oder hatten nur Augen für das, was an einer Sache verkehrt war, denn jedes kleine Spiegelkörnchen hatte dieselben Kräfte behalten, die der ganze Spiegel besessen hatte; manche Menschen bekamen sogar einen kleinen Spiegelsplitter ins Herz hinein, und dann war es ganz grässlich, denn das Herz wurde nun gleichsam zu einem Eisblock. Einige Spiegelstücke waren so groß, dass man sie als Fensterglas verwendete, aber es lohnte nicht, seine Freunde durch diese Scheibe zu sehen; andere Stücke kamen in Brillen, und dann ging es übel zu, wenn Leute diese Brillen aufsetzten, um recht hinzusehen und gerecht zu sein; der Böse lachte, dass es ihm den Bauch zerriss, und das kitzelte ihn so angenehm. Draußen aber flogen noch immer kleine Glassplitter durch die Luft. Und nun werden wir etwas zu hören kriegen!

Zweite Geschichte
Ein kleiner Junge und ein kleines Mädchen

Drinnen in der großen Stadt, wo so viele Häuser und Menschen sind, dass nicht einmal genug Platz ist, dass alle Leute einen kleinen Garten haben könnten, und wo die meisten sich daher mit Pflanzen in Blumentöpfen begnügen müssen, da waren doch zwei arme Kinder, die hatten einen Garten, der war etwas größer als ein Blumentopf. Sie waren nicht Bruder und Schwester, aber sie hatten einander genauso lieb, als wären sie es. Die Eltern wohnten gleich nebeneinander; sie wohnten in zwei Dachkammern; dort, wo das Dach des einen Nachbarhauses an das andere stieß und die eine Dachrinne an der anderen entlanglief, da schaute aus jedem Haus ein kleines Fenster; man brauchte bloß einen großen Schritt über die Rinne zu machen, dann kam man vom einen Fenster zum andern.

Die Eltern hatten draußen jeder einen großen Holzkasten, und in dem wuchsen Küchenkräuter, die sie brauchten, und ein kleiner Rosenstock; es war in jedem Kasten einer, der wuchs so gesegnet. Nun kam es den Eltern in den Sinn, die Kästen so quer über die Rinne zu stellen, dass sie beinahe vom einen Fenster zum andern reichten und ganz lebensecht wie zwei Blumen-Wälle aussahen. Erbsenranken hingen über die Kästen herab, und aus den Rosenstöcken schossen lange Zweige, rankten sich um die Fenster und neigten sich zueinander: da war es beinahe wie eine Ehrenpforte aus Grün und aus Blüten. Da die Kästen sehr hoch waren und die Kinder wussten, dass sie nicht hinaufklettern durften, so bekamen sie oft die Erlaubnis, zueinander herauszusteigen und auf ihren kleinen Schemeln unter den Rosen zu sitzen, und da spielten sie nun so prächtig.

Im Winter war dieses Vergnügen ja vorbei. Die Fenster waren oft ganz mit Frost überzogen, aber dann wärmten sie Kupferschillinge auf dem Kachelofen, legten den heißen Schilling auf die zugefrorene Scheibe, und dann gab es ein wunderbares Guckloch, so rund, so rund; dahinter lugte ein gesegnetes kleines Auge hervor, eins aus jedem Fenster; das waren der kleine Junge und das kleine Mädchen. Er hieß Kay und sie hieß Gerda. Im Sommer konnten sie mit einem Sprung zueinander kommen, im Winter mussten sie erst die vielen Stiegen hinunter und die vielen Stiegen hinauf; draußen stob der Schnee.

»Das sind die weißen Bienen, die schwärmen aus«, sagte die alte Großmutter.

»Haben die auch eine Bienenkönigin?«, fragte der kleine Junge, denn er wusste, dass die richtigen Bienen so eine haben.

»Das haben sie!«, sagte die Großmutter. »Sie fliegt da, wo sie am dichtesten schwärmen! sie ist die größte von allen, und niemals bleibt sie still auf der Erde, sie fliegt wieder hinauf in den schwarzen Himmel. Viele Winternächte fliegt sie durch die Straßen der Stadt und sieht zu den Fenstern hinein, und da frieren sie so wunderlich zu, als wären es lauter Blumen.«

»Ja, das habe ich schon gesehen!«, sagten beide Kinder, und so wussten sie, dass es die Wahrheit war.

»Kann die Schneekönigin hier hereinkommen?«, fragte das kleine Mädchen.

»Lass sie nur kommen«, sagte der Junge, »dann setze ich sie auf den warmen Kachelofen, und dann schmilzt sie.«

Aber die Großmutter strich ihm übers Haar und erzählte andere Geschichten.

Am Abend, als der kleine Kay zu Hause war und schon halb ausgezogen, kroch er auf einen Stuhl am Fenster hinauf und lugte durch das kleine Loch hinaus; ein paar Schneeflocken fielen draußen, und eine davon, die allergrößte, blieb auf dem Rand der einen Blumenkiste liegen; die Schneeflocke wuchs mehr und mehr, zuletzt wurde sie zu einem ganzen Frauenzimmer, gekleidet in die feinsten, weißen Schleier, die waren wie zusammengesetzt aus Millionen sternengleichen Gestöbers. Sie war so schön und fein, aber aus Eis, dem blendenden, blinkenden Eis, und doch war sie lebendig; die Augen starrten wie zwei klare Sterne, aber es war keine Rast oder Ruh darin. Sie nickte zum Fenster und winkte mit der Hand. Der kleine Junge erschrak und sprang vom Stuhl hinunter, da war es, als flöge draußen ein großer Vogel am Fenster vorüber.

Am nächsten Tag herrschte klarer Frost, – und dann kam der Frühling, die Sonne schien, das Grün spross hervor, die Schwalben bauten Nester, die Fenster öffneten sich, und die kleinen Kinder saßen wieder in ihrem kleinen Garten hoch oben in der Dachrinne über allen Etagen.

Die Rosen blühten in diesem Sommer so unvergleichlich;

das kleine Mädchen hatte ein Kirchenlied gelernt, und in dem ging es um Rosen, und bei den Rosen dachte sie an ihre eigenen; und sie sang es dem kleinen Jungen vor, und dann sang er mit:

»Im Tal die Rosen blühen fort und fort,
Da kommt zu uns vom Jesuskind das Wort!«

Und die Kleinen hielten einander bei den Händen, küssten die Rosen und blickten in Gottes klaren Sonnenschein und sprachen zu ihm, als sei das Jesuskind darin. Was waren das für herrliche Sommertage, wo es gesegnet war, draußen bei den frischen Rosenstöcken zu sein, die, wie es schien, niemals aufhören wollten zu blühen.

Kay und Gerda saßen da und sahen sich ein Bilderbuch an mit Tieren und Vögeln, da geschah es – die Glocke schlug gerade fünf im großen Kirchturm –, dass Kay sagte: »au! da hat mich was ins Herz gestochen! und jetzt habe ich etwas im Auge!«

Das kleine Mädchen fasste ihn um den Hals; er zwinkerte mit den Augen; nein, da war nichts zu sehen.

»Ich glaube, es ist weg!«, sagte er; aber weg war es nicht. Es war just so eins von diesen Glaskörnchen, die vom Spiegel abgesprungen waren, dem Trollspiegel, wir erinnern uns wohl, dem scheußlichen Glas, das machte, dass alles Große und Gute, das sich darin spiegelte, zu etwas Kleinem und Hässlichen wurde, aber das Böse und Schlechte wurde ordentlich groß, und jeder Fehler an einer Sache war sofort zu bemerken. Der arme Kay, er hatte auch so ein Körnchen geradewegs ins Herz bekommen. Bald würde es wie ein Eisblock sein. Nun tat es nicht mehr weh, aber es war da.

»Warum weinst du?«, fragte er. »Dann siehst du hässlich aus! mir fehlt ja nichts! Igitt!«, rief er und im selben Atemzug: »in der Rose da sitzt ein Wurm! und sieh nur, die da ist ganz schief! es sind eigentlich ekelhafte Rosen! genau wie die Kästen, in denen sie stehen!« und dann stieß er mit dem Fuß grob gegen den Kasten und riss die beiden Rosen ab.

»Kay, was tust du da!«, rief das kleine Mädchen; und als er sah, wie sie sich erschrak, riss er noch eine Rose ab und lief dann zu seinem Fenster hinein fort von der gesegneten kleinen Gerda.

Als sie später mit dem Bilderbuch kam, sagte er, das sei etwas für Säuglinge, und wenn Großmutter Geschichten erzählte, kam er jedes Mal mit einem *aber* – und wenn sich die Gelegenheit ergab, dann ging er hinter ihr her, setzte sich eine Brille auf und redete wie sie; es war ganz akkurat, und dann lachten die Leute über ihn. Er konnte bald reden und gehen wie alle Menschen in der ganzen Straße. Alles, was an ihnen apart und nicht schön war, das wusste Kay nachzuäffen, und dann sagten die Leute: »Der hat bestimmt einen ausgezeichneten Kopf, dieser Junge!«, aber es war nur das Glas, das er ins Auge bekommen hatte, das Glas, das ihm im Herzen saß, daher kam es, dass er sogar die kleine Gerda neckte, die ihn mit ihrer ganzen Seele liebhatte.

Seine Spiele waren nun ganz anders als zuvor, sie waren so verständig; – eines Wintertages, als die Schneeflocken stoben, brachte er ein großes Brennglas, steckte seinen blauen Mantelzipfel hinaus und ließ die Schneeflocken darauf fallen.

»Schau jetzt mal durch das Glas, Gerda!«, sagte er, und jede Schneeflocke wurde viel größer und sah aus wie eine prächtige Blüte oder ein zehnstrahliger Stern; das war herrlich anzusehen.

»Siehst du, wie kunstvoll?«, sagte Kay, »das ist viel interessanter als die wirklichen Blumen! und es ist nicht ein einziger Fehler daran, die sind ganz akkurat, wenn sie bloß nicht schmelzen wollten!«

Gleich darauf kam Kay mit großen Handschuhen und seinem Schlitten auf dem Rücken, er schrie Gerda direkt ins Ohr: »ich darf auf dem großen Platz fahren, wo die andern spielen!«, und dann war er auf und davon.

Da draußen auf dem großen Platz banden oft die kecksten Jungen ihre Schlitten am Wagen eines Bauern fest, und dann fuhren sie ein gutes Stück mit. Das ging sehr lustig. Als sie gerade am schönsten spielten, kam ein großer Schlitten; der war ganz weiß gestrichen, und es saß darin jemand, die war eingehüllt in einen zottigen weißen Pelz und hatte eine zottige weiße Mütze auf dem Kopf; der Schlitten fuhr zweimal um den Platz, und Kay band geschwind seinen kleinen Schlitten an ihm fest, und nun fuhr er mit. Das ging schnell und immer schneller geradewegs in die nächste Straße hinein; die Person, die ihn fuhr, wandte den Kopf und nickte Kay ganz freundlich zu, es war gerade, als kennten sie einander; jedes Mal, wenn Kay seinen kleinen Schlitten losbinden wollte, nickte sie wieder, und dann blieb Kay sitzen; sie fuhren geradewegs zum Stadttor hinaus. Da begann der Schnee in so dichten Schloßen zu fallen, dass der kleine Junge nicht die Hand vor Augen sehen konnte, aber er sauste davon, da ließ er schnell die Schnur fallen, um von dem großen Schlitten loszukommen, aber das half nicht, sein kleines Fahrzeug hing fest, und es ging dahin wie der Wind. Da schrie er ganz laut, aber niemand hörte ihn, und der Schnee stob, und der Schlitten fuhr davon; manchmal tat er einen Sprung, dann war es, als führe er über Gräben und Hecken dahin. Er war ganz erschrocken, er wollte sein Vaterunser beten, aber alles, was ihm einfiel, war das große Einmaleins.

Die Schneeflocken wurden größer und größer, zuletzt sahen sie aus wie große weiße Hühner; mit einem Mal sprangen sie zur Seite, der große Schlitten hielt an, und die Person, die darin fuhr, erhob sich, Pelz und Mütze waren aus lauter Schnee; eine Dame war es, so hoch und rank, so schimmernd weiß, es war die Schneekönigin.

»Wir sind gut vorangekommen!«, sagte sie, »aber soll man denn so frieren! komm, kriech in meinen Bärenpelz!«, und sie setzte ihn in den Schlitten neben sich, schlug den Pelz um ihn, und es war, als versinke er in einer Schneewehe.

»Frierst du noch!«, fragte sie, und dann küsste sie ihn auf die Stirn. Uh! das war kälter als Eis, es ging ihm geradewegs ins Herz, das doch schon ein halber Eisblock war; es war, als sollte er sterben; – aber nur für einen Augenblick, dann tat es gerade gut; er spürte nichts mehr von der Kälte ringsum.

»Mein Schlitten! vergiss meinen Schlitten nicht!«, das war das Erste, was ihm wieder einfiel; und der wurde festgebunden an einem der weißen Hühner, und das flog mit dem Schlitten auf dem Rücken hinterdrein. Die Schneekönigin küsste Kay noch einmal, und da hatte er die kleine Gerda und die Großmutter und sie alle dort zu Hause vergessen.

»Nun bekommst du keine Küsse mehr!«, sagte sie, »sonst küsse ich dich tot!«

Kay sah sie an, sie war so schön, ein klügeres, herrlicheres Gesicht konnte er sich nicht denken, nun schien sie nicht mehr aus Eis zu sein wie damals, als sie draußen vor dem Fenster saß und ihm zuwinkte; in seinen Augen war sie vollkommen, ihm war überhaupt nicht ängstlich zumute, er erzählte ihr, dass er Kopfrechnen könnte, und zwar mit Brüchen, die Fläche aller Länder in Quadratkilometern und »wie viele Einwohner«, und sie lächelte immerzu; da war es ihm, als sei es doch nicht genug mit dem, was er wusste, und er blickte hinauf in den großen, großen Luftraum und sie flog mit ihm, flog hoch hinauf auf die schwarze Wolke, und der Sturm sauste und brauste, es war, als sänge er alte Weisen. Sie flogen über Wälder und Seen, über Länder und Meere; tief drunten sausten die kalten Winde, die Wölfe heulten, der Schnee funkelte, darüber flogen die schwarzen schreienden Krähen hin, in der Höhe aber leuchtete der Mond so groß und klar, und ihn sah Kay an, die lange, lange Winternacht hindurch; am Tage schlief er der Schneekönigin zu Füßen.

Dritte Geschichte
Der Blumengarten bei der Frau, die zaubern konnte

Wie aber erging es der kleinen Gerda, als Kay nicht mehr kam? Wo war er bloß? – Niemand wusste es, niemand konnte Bescheid geben. Die Jungen erzählten nur, dass sie gesehen hatten, wie er seinen kleinen Schlitten an einem prächtigen großen festband, der in die Straße herein und zum Stadttor hinausfuhr. Niemand wusste, wo er war, viele Tränen flossen, die kleine Gerda weinte so bitterlich und lange; – da sagten sie, er wäre tot, er sollte in einem Fluss untergegangen sein, der dicht an der Stadt vorbeifloss; oh, das waren sehr lange, dunkle Wintertage.

Nun kam das Frühjahr mit wärmerem Sonnenschein.

»Kay ist tot und fort!«, sagte die kleine Gerda.

»Das glaube ich nicht!«, sagte der Sonnenschein.

»Er ist tot und fort!«, sagte sie zu den Schwalben.

»Das glaube ich nicht!«, antworteten die, und zuletzt glaubte die kleine Gerda es auch nicht mehr.

»Ich will meine neuen roten Schuhe anziehen«, sagte sie eines Morgens, »die Kay nie gesehen hat, und dann will ich zum Fluss hinuntergehen und mich erkundigen!«

Und es war ganz in der Frühe; sie küsste die alte Großmutter, die schlief, zog die roten Schuhe an und ging ganz allein zum Tor hinaus an den Fluss.

»Ist es wahr, dass du meinen kleinen Spielbruder weggenommen hast? Ich will dir meine roten Schuhe schenken, wenn du mir ihn wiedergeben willst!«

Und die Wellen, so kam es ihr vor, nickten so wunderlich; da nahm sie ihre roten Schuhe, das Liebste, das sie hatte, und warf sie beide hinaus in den Fluss, aber sie fielen dicht beim Ufer nieder, und die kleinen Wellen trugen sie sogleich zu ihr ans Land, es war gerade als ob der Fluss das Liebste, das sie hatte, nicht annehmen wollte, da er ja den kleinen Kay nicht hatte; sie aber glaubte nun, dass sie die Schuhe nicht weit genug geworfen hätte, und so kletterte sie in ein Boot, das im Schilf lag, sie ging bis ganz ans äußerste Ende und warf die Schuhe fort; aber das Boot war nicht angebunden, und durch die Bewegung, die sie machte, glitt es vom Land fort; sie spürte es und beeilte sich fortzukommen, aber bevor sie es zurückgeschafft hatte, war das Boot schon über eine Elle weit draußen, und nun glitt es rascher davon.

Da bekam die kleine Gerda einen großen Schrecken und fing an zu weinen, aber niemand hörte sie, nur die grauen Sperlinge, und die konnten sie nicht an Land tragen, aber sie flogen am Ufer entlang und sangen, wie um sie zu trösten: »hier sind wir! hier sind wir!« Das Boot trieb mit der Strömung; die kleine Gerda saß ganz still in ihren bloßen Strümpfen; ihre kleinen roten Schuhe schwammen hinterdrein, aber sie konnten das Boot nicht erreichen, das nahm stärkere Fahrt auf.

Schön war es auf beiden Ufern, wunderschöne Blumen, alte Bäume und Böschungen mit Schafen und Kühen, aber nicht ein Mensch in Sicht.

»Vielleicht trägt der Fluss mich zum kleinen Kay«, dachte Gerda, und so kam sie in bessere Stimmung, erhob sich und schaute viele Stunden lang die schönen grünen Ufer an; da kam sie zu einem großen Kirschgarten, in dem ein kleines Haus stand mit wunderlichen roten und blauen Fenstern, außerdem einem Strohdach und zwei Holzsoldaten, die allen, die vorbeisegelten, salutierten.

Gerda rief sie an, sie glaubte, sie seien lebendig, aber die antworteten natürlich nicht; sie kam ihnen ganz nah, der Fluss trieb das Boot geradewegs auf das Land zu.

Gerda rief noch lauter, und da kam aus dem Haus ein altes, altes Weib, das stützte sich auf einen Krückstock; sie trug einen großen Sonnenhut, und der war mit den herrlichsten Blumen bemalt.

»Du kleines armes Kind!«, sagte das alte Weib; »wie bist du nur auf den großen, starken Strom hinausgeraten, so weit hinausgetrieben in die weite Welt!«, und dann ging das alte Weib ganz ins Wasser hinaus, schlug ihren Krückstock über den Rand des Bootes, zog es ans Land und hob die kleine Gerda heraus.

Und Gerda war froh, aufs Trockene zu kommen, aber doch ein bisschen bange vor dem fremden, alten Weib.

»Komm doch her und erzähl mir, wer du bist, und wie du hierherkommst!«, sagte sie.

Und Gerda erzählte ihr alles; und die Alte schüttelte den Kopf und sagte »Hm! hm!«, und als Gerda ihr alles gesagt und gefragt hatte, ob sie nicht den kleinen Kay gesehen hätte, sagte das Weib, dass er nicht hier vorbeigekommen sei, er werde aber schon noch kommen, sie sollte nur nicht betrübt sein, sondern lieber ihre Kirschen probieren und ihre Blumen anschauen, die seien schöner als jedes Bilderbuch, von denen könne jede eine ganze Geschichte erzählen. Dann nahm sie Gerda bei der Hand, sie gingen hinein in das kleine Haus, und das alte Weib schloss die Tür ab.

Die Fenster saßen hoch oben, und das Glas darin war rot, blau und gelb; das Tageslicht spielte so wunderlich darin in allen Farbtönen, aber auf dem Tisch standen die herrlichsten Kirschen, und Gerda aß so viele sie wollte, denn das durfte sie. Und während sie aß, kämmte das alte Weib ihr Haar mit einem goldenen Kamm, und das Haar lockte sich und schimmerte so wunderbar blond um das kleine, freundliche Gesicht, das so rund war und aussah wie eine Rose.

»So ein süßes kleines Mädchen habe ich mir richtig lange gewünscht«, sagte die Alte. »Nun sollst du sehen, wie gut wir beiden miteinander auskommen!«, und je länger sie das Haar der kleinen Gerda kämmte, desto mehr vergaß Gerda ihren Pflegebruder Kay; denn das alte Weib konnte zaubern, aber eine böse Zauberin war sie nicht, sie zauberte nur so ein bisschen zu ihrem eigenen Vergnügen, und nun wollte sie gerne die kleine Gerda behalten. Darum ging sie in den Garten, streckte ihren Krückstock gegen alle Rosenstöcke aus, und so wunderbar sie auch blühten, so sanken sie doch alle hinab in die schwarze Erde und man konnte nicht sehen, wo sie gestanden hatten. Die Alte hatte Angst, dass Gerda die Rosen sehen und dann an ihre eigenen denken würde und dass ihr dann wieder der kleine Kay in den Sinn käme und sie davonliefe.

Nun führte sie Gerda in den Blumengarten hinaus. – Nein! welcher Wohlgeruch, welche Wonne! alle erdenklichen Blumen, und das für jede Jahreszeit, standen hier im prächtigsten Blütenflor; kein Bilderbuch konnte bunter und schöner sein. Gerda hüpfte vor Freude, und sie spielte, bis die Sonne hinter den hohen Kirschbäumen unterging, da bekam sie ein herrliches Bett mit Bettdecken aus roter Seide, die waren mit blauen Veilchen gefüllt, und sie schlief und träumte darin so wunderbar wie nur eine Königin am Tag ihrer Hochzeit.

Am nächsten Tag konnte sie wieder im warmen Sonnenschein mit den Blumen spielen –, und so vergingen viele Tage. Gerda kannte jede Blume, doch so viele da auch waren, war ihr doch immer, als ob eine fehlte, nur welche, das wusste sie nicht. Da sitzt sie eines Tages so da und blickt auf den Sonnenhut des alten Weibes mit den gemalten Blumen, und just die schönste davon war eine Rose. Die Alte hatte vergessen, sie vom Hut zu entfernen, als sie die anderen in die Erde brachte. Aber so geht es, wenn man seine Gedanken nicht zusammenhält! »Was!«, sagte Gerda, »sind hier keine Rosen!«, und sprang zwischen den Beeten herum, suchte und suchte, aber es waren keine zu finden; da setzte sie sich nieder und weinte, aber ihre heißen Tränen fielen gerade dort nieder, wo ein Rosenstock versunken war, und als die warmen Tränen die Erde wässerten, schoss der Stock mit einem Mal empor, so blühend wie in dem Augenblick, in dem er versunken war, und Gerda umschlang ihn, küsste ihn und dachte an die herrlichen Rosen zu Hause und mit ihnen an den kleinen Kay.

»Oh, wie habe ich mich verspätet!«, sagte das kleine Mädchen. »Ich sollte ja Kay finden! – Wisst ihr nicht, wo er ist?«, fragte sie die Rosen. »Glaubt ihr, er ist tot und fort?«

»Tot ist er nicht«, sagten die Rosen. »Wir sind ja in der Erde gewesen, da sind all die Toten, aber Kay war da nicht!«

»Danke, ihr Rosen!«, sagte die kleine Gerda, und sie ging zu den anderen Blumen und blickte in ihre Kelche und fragte: »Wisst ihr nicht, wo der kleine Kay ist?«

Aber jede Blume stand in der Sonne und träumte ihr eigenes Märchen oder ihre eigene Geschichte, davon bekam die kleine Gerda viele, so viele, aber niemand wusste etwas von Kay.

Und was sagte da die Feuerlilie?

»Hörst du die Trommel: bum! bum! das sind nur zwei Töne, immer bum! bum! hör das Klagelied der Frauen! hör wie die Priester rufen! – In ihrem langen roten Gewand steht die Hindufrau am Feuer, die Flammen schlagen über ihr und ihrem toten Mann zusammen; die Hindufrau aber denkt an den Lebenden hier im Kreise, an ihn, dessen Augen heißer als die Flammen brennen, an ihn, dessen Augenflammen ihrem Herzen näherkommen als die Flammen, die bald ihren Körper zu Asche verbrennen. Kann Herzensfeuer denn im Feuer sterben?«

»Davon verstehe ich kein bisschen!«, sagte die kleine Gerda.

»Das ist mein Märchen!«, sagte die Feuerlilie.

Was sagt die Windenblüte?

»Über den schmalen Gebirgsweg ragt eine alte Ritterburg hinaus; das dichte Immergrün wächst über die alten roten Mauern hinauf, Blatt an Blatt, rings um den Altan, und da steht ein wunderschönes Mädchen; sie beugt sich über das Geländer hinaus und sieht den Weg hinab. Keine Rose hängt so frisch von den Zweigen wie sie, keine Apfelblüte, wenn der Wind sie vom Baum davonträgt, schwebt leichter dahin als sie; wie raschelt das prächtige Seidengewand. ›Kommt er denn nicht!‹«

»Ist es Kay, den du meinst«, fragte die kleine Gerda.

»Ich spreche nur von meinem Märchen, meinem Traum«, antwortete die Windenblüte.

Was sagt das kleine Schneeglöckchen?

»Zwischen den Bäumen hängt an Seilen das lange Brett, das ist eine Schaukel; zwei niedliche kleine Mädchen, – die Kleidchen sind weiß wie Schnee, lange grüne Seidenbänder flattern von den Hüten – sitzen darauf und schaukeln; der Bruder, der größer ist als sie, steht aufrecht auf der Schaukel, er hat den Arm um das Seil gelegt, um sich festzuhalten, denn in der einen Hand hält er eine kleine Schale, in der anderen eine Tonpfeife, er bläst Seifenblasen; die Schaukel geht, und die Seifenblasen fliegen mit herrlichen, wechselnden Farben dahin; die letzte hängt noch am Pfeifenstiel und dehnt sich im Wind; die Schaukel geht. Der kleine schwarze Hund, leicht wie die Seifenblasen, stellt sich auf die Hinterbeine und will mit auf die Schaukel, die fliegt; der Hund plumpst herab, kläfft und ist wütend; die Schaukel schwingt und narrt ihn, die Seifenblasen platzen – ein schaukelndes Brett, ein zerspringendes Bild aus Schaum, das ist mein Lied!«

»Es mag wohl sein, dass es hübsch ist, was du da erzählst, aber du sagst es so traurig und erwähnst mit keinem Wort Kay. Was sagen die Hyazinthen?«

»Es waren einmal drei wunderschöne Schwestern, so durchsichtig und fein; das Gewand der Einen war rot, das der Zweiten blau, das der Dritten ganz weiß; Hand in Hand tanzten sie an dem stillen See im Mondschein. Sie waren keine Elfenmädchen, sie waren Menschenkinder. Da duftete es so süß, und die Mädchen verschwanden im Walde; der Duft wurde stärker; – drei Särge, darin lagen die lieblichen Mädchen, glitten aus dem Waldesdickicht über den See; Johanniskäferchen flogen schimmernd um sie her, wie kleine schwebende Lichter. Schlafen die tanzenden Mädchen, oder sind sie tot? – Der Blütenduft sagt, sie seien Leichen; die Abendglocke läutet für die Toten!«

»Du machst mich ganz betrübt«, sagte die kleine Gerda. »Du duftest so stark; ich muss an die toten Mädchen denken! ach, ist denn wirklich der kleine Kay tot? Die Rosen sind unten in der Erde gewesen, und die sagen nein!«

»Ding, dong!«, läuteten die Hyazinthenglocken. »Wir läuten nicht für den kleinen Kay, den kennen wir nicht! wir singen nur unser Lied, das einzige, das wir können!«

Und Gerda ging zur Butterblume, die aus den glänzenden grünen Blättern herausleuchtete.

»Du bist eine kleine helle Sonne!«, sagte Gerda. »Sag mir, ob du weißt, wo ich meinen Spielbruder finden soll?«

Und die Butterblume leuchtete so schön und sah wieder Gerda an, welches Lied konnte wohl die Butterblume singen? Das war auch nicht über Kay.

»In einen kleinen Hof schien Gottes Sonne so warm am ersten Frühlingstag; die Strahlen glitten an den weißen Mauern des Nachbarn herab, dicht daneben wuchsen die ersten gelben Blumen, leuchtendes Gold in den warmen Sonnenstrahlen; die alte Großmutter war draußen in ihrem Stuhl, die Enkeltochter, das arme, schöne Dienstmädchen, kam auf einen kurzen Besuch nach Hause; sie küsste die Großmutter. Es war Gold, Herzensgold in dem gesegneten Kuss. Gold auf den Mund, Gold im Grund, Gold in heller Morgenstund'! Sieh, das ist meine kleine Geschichte!«, sagte die Butterblume.

»Meine arme alte Großmutter!«, seufzte Gerda. »Ja die hat bestimmt Sehnsucht nach mir, sie hat Kummer um mich, genau wie damals um den kleinen Kay. Aber ich komme bald wieder nach Hause, und dann bring ich Kay mit. – Es hilft nichts, dass ich die Blumen frage, die können nur ihr eigenes Lied, die sagen mir nicht Bescheid!«, und dann band sie ihr Kleidchen hoch, damit sie schneller laufen könnte; aber die Osterglocke schlug ihr gegen die Beine, als sie darüber sprang; da blieb sie stehen, sah die lange gelbe Blume an und fragte: »Weißt du vielleicht etwas?« und sie beugte sich hinunter zur Osterglocke. Und was sagte die?

»Ich kann mich selber sehn! ich kann mich selber sehn!«, sagte die Osterglocke. »Oh, oh, wie ich dufte! – Oben in der Dachkammer, halb angezogen, steht eine kleine Tänzerin, sie steht bald auf einem Bein, bald auf zweien, sie gibt der ganzen Welt einen Tritt, sie ist bloß Blendwerk für die Augen. Sie gießt Wasser aus einem Teekessel auf ein Stück Stoff, das sie in der Hand hält, das ist ihr Schnürleibchen; – Reinlichkeit ist eine schöne Sache! das weiße Kleid hängt am Haken, das ist auch im Teekessel gewaschen und auf dem Dach getrocknet; das zieht sie an, das safrangelbe Tuch um den Hals, dann leuchtet das Kleid noch weißer. Das Bein in die Höhe! sieh wie sie emporragt auf einem Stiel! ich kann mich selber sehn! ich kann mich selber sehn!«

»Das kümmert mich nicht im Geringsten!«, sagte Gerda. »Das ist nichts, was man mir erzählen muss!«, und dann lief sie zum Rand des Gartens.

Das Tor war verschlossen, aber sie rüttelte an der rostigen Krampe, da ging sie los, und das Tor sprang auf, und dann lief die kleine Gerda auf nackten Füßen hinaus in die weite Welt. Sie sah dreimal zurück, aber da war niemand, der hinter ihr herkam; zuletzt konnte sie nicht mehr laufen und setzte sich auf einen großen Stein, und als sie sich umsah, war der Sommer vorbei, es war spät im Herbst, das hatte man da drinnen in dem wunderbaren Garten gar nicht merken können, wo immer Sonnenschein war und die Blumen aus allen Jahreszeiten.

»Gott! wie habe ich mich verspätet!«, sagte die kleine Gerda: »Es ist ja Herbst geworden! dann darf ich mich nicht ausruhen!«, und sie erhob sich, um zu gehen.

Oh, wie waren ihre kleinen Füße weh und müde, und ringsum sah es kalt und rau aus; die langen Weidenblätter waren ganz gelb, und der Nebel tropfte als Wasser von ihnen herunter, ein Blatt nach dem anderen fiel, nur der Schlehdorn trug Früchte, so herb, dass sich der Mund davon zusammenzog. O wie war es grau und schwer in der weiten Welt.

Vierte Geschichte
Prinz und Prinzessin

Gerda musste sich wieder ausruhen; da hüpfte dort über den Schnee, gegenüber der Stelle, an der sie saß, ein großer Krähenmann, der hatte lange da gesessen, sie angeschaut und mit dem Kopf gewackelt; jetzt sagte er: »Kra! kra! – Tag, Tag!« Besser konnte er es nicht sagen, aber er meinte es so gut mit dem kleinen Mädchen und fragte, wohin sie denn so allein ginge, hinaus in die weite Welt. Das Wort: *allein* verstand Gerda sehr gut und fühlte recht gut, wie viel darin lag, und dann erzählte sie dem Krähenmann ihr ganzes Leben und fragte, ob er nicht den kleinen Kay gesehen hätte.

Und die Krähe nickte ganz bedächtig und sagte: »kann sein! kann sein!«

»Was, glaubst du!«, rief das kleine Mädchen und hätte ihn beinahe totgedrückt, so küsste sie ihn.

»Vernünftig, vernünftig!«, sagte die Krähe. »Ich glaube, ich weiß, – ich glaube, das kann der kleine Kay sein! aber jetzt hat er dich bestimmt vergessen, wegen der Prinzessin!«

»Wohnt er bei einer Prinzessin?«, fragte Gerda.

»Ja hör!«, sagte die Krähe, »aber es fällt mir so schwer, deine Sprache zu sprechen. Wenn du Rabianisch verstehst, kann ich besser erzählen!«

»Nein, das hab ich nicht gelernt!«, sagte Gerda, »aber Großmutter konnte es, und die P-Geheimsprache konnte sie auch. Hätte ich das nur gelernt!«

»Macht nichts!«, sagte die Krähe, »ich erzähle, so gut ich kann, aber schlecht wird es so oder so«, und dann erzählte sie, was sie wusste.

»In dem Königreich, in dem wir jetzt sitzen, wohnt eine Prinzessin, die ist so ungeheuer klug, aber sie hat nun auch alle Zeitungen gelesen, die es auf der Welt gibt, und alle wieder vergessen, so klug ist sie. Neulich sitzt sie auf dem Thron, und so furchtbar lustig ist das auch nicht, heißt es, da summt sie so mir nichts, dir nichts ein Lied, das war just dieses: ›warum soll ich nicht Hochzeit machen!‹ ›Also hör mal, da ist was dran!‹ sagt sie, und dann wollte sie Hochzeit machen, aber sie wollte einen Mann, der zu antworten verstand, wenn man etwas zu ihm sagte, einen der nicht bloß dastand und vornehm aussah, denn das ist so langweilig. Da ließ sie alle Hofdamen zusammentrommeln, und als die hörten, was sie wollte, waren sie so vergnügt, ›das gefällt mir ausgesprochen!‹ sagten sie, ›an so was habe ich neulich auch gedacht!‹ – Du kannst mir glauben, dass es die Wahrheit ist, jedes Wort das ich sage!«, sagte die Krähe. »Ich habe eine zahme Liebste, die läuft frei im Schloss herum, und die hat mir alles erzählt!«

Das war natürlich auch eine Krähe, seine Liebste, denn Krähe sucht Nähe, und zwar die einer Krähe.

»Die Zeitungen erschienen gleich mit einem Rand aus Herzen und dem Namenszug der Prinzessin; da konnte man lesen, dass es jedem gutaussehenden jungen Mann freistünde, aufs Schloss hinaufzukommen und mit der Prinzessin zu reden, und der, der so redete, dass man hören konnte, dass er hier zu Hause war und am besten redete, den wollte die Prinzessin zum Mann nehmen! – Ja, ja!«, sagte die Krähe, »du kannst mir glauben, das ist so sicher wie ich hier sitze, das Volk strömte, es war ein Gedränge und eine Rennerei, aber es klappte nicht, weder am ersten noch am zweiten Tag. Sie konnten allesamt gut reden, wenn sie draußen auf der Straße waren, aber wenn sie zum Schlosstor hereinkamen und die Garden in Silber sahen, und oben auf den Treppen die Lakaien in Gold und die großen erleuchteten Säle, dann waren sie ganz verblüfft; und standen sie vor dem Thron, auf dem die Prinzessin saß, dann wussten sie nichts zu sagen als nur das letzte Wort, das sie gesagt hatte, und das nochmal zu hören, darauf gab sie nichts. Es war gerade, als hätten die Leute da drinnen Schnupftabak im Magen und wären in Winterschlaf gefallen, bis sie wieder auf die Straße hinauskamen, ja, dann konnten sie plappern. Da stand eine lange Reihe vom Stadttor bis zum Schloss. Ich war selbst drin und hab's gesehen!«, sagte die Krähe. »Sie wurden hungrig und durstig, aber vom Schloss bekamen sie nicht mal ein armseliges Glas lauwarmes Wasser. Ein paar von den Klügsten hatten wohl ein Butterbrot mitgenommen, aber die teilten nicht mit ihrem Nachbarn, die dachten so bei sich: lass ihn nur hungrig aussehen, dann nimmt die Prinzessin ihn nicht!«

»Aber Kay, der kleine Kay!«, fragte Gerda. »Wann kommt er? War er einer von den vielen?«

»Nur die Ruhe! die Ruhe! nun sind wir gleich bei ihm! das war am dritten Tag, da kam da eine kleine Person, ohne Pferd oder Wagen, ganz keck marschierte er gerade zum Schloss hinauf; seine Augen glänzten wie deine, er hatte wunderschönes langes Haar, aber sonst ganz armselige Kleider!«

»Das war Kay!«, jubelte Gerda. »Oh, dann habe ich ihn also gefunden!«, und sie klatschte in die Hände.

»Er hatte einen kleinen Ranzen auf dem Rücken!«, sagte die Krähe.

»Nein, das war bestimmt sein Schlitten!«, sagte Gerda, »denn mit dem Schlitten ist er weggegangen!«

»Das kann gut sein!«, sagte die Krähe, »ich hab nicht so genau hingesehen! aber das weiß ich von meiner zahmen Liebsten, dass er, als er zum Schlosstor hereinkam und die Leibwache in Silber sah und oben auf der Treppe die Lakaien in Gold, da war er nicht das kleinste bisschen verzagt, er nickte und sagte zu denen: ›das muss langweilig sein, auf der Treppe zu stehen, ich gehe lieber rein!‹ Dort glänzten die Säle vor Kerzen; Geheimräte und Exzellenzen gingen auf bloßen Füßen und trugen Goldschalen; da konnte man schon feierlich werden! seine Stiefel knirschten so entsetzlich laut, aber er war doch nicht bange!«

»Ganz bestimmt ist das Kay!«, sagte Gerda, »ich weiß, er hatte neue Stiefel, ich habe sie knirschen hören in Großmutters Stube!«

»Ja knirschen, das taten sie!«, sagte die Krähe, »und keck ging er geradewegs bis zur Prinzessin, die saß auf einer Perle, so groß wie ein Spinnrad; und alle Hofdamen mit ihren Mädchen und den Mädchen ihrer Mädchen, und alle Kavaliere mit ihren Dienern und den Dienern ihrer Diener, die Burschen haben, standen ringsum aufgestellt; und je näher sie an der Tür standen, umso stolzer sahen sie aus. Der Bursche der Diener der Diener, der immer in Pantoffeln herumläuft, ist schon fast nicht mehr anzuschauen, so stolz steht er in der Tür!«

»Das muss grässlich sein!«, sagte die kleine Gerda. »Und Kay hat die Prinzessin *doch* gekriegt!«

»Wäre ich nicht eine Krähe gewesen«, sagte der Krähenmann, »dann hätte ich sie genommen, und das, obwohl ich verlobt bin. Er soll ebenso gut geredet haben, wie ich rede, wenn ich Rabianisch rede, das habe ich von meiner zahmen Liebsten. Er war keck und niedlich; er war überhaupt nicht gekommen, um um ihre Hand anzuhalten, sondern ganz allein, um die Klugheit der Prinzessin zu hören, und die fand er gut, und sie fand ihn auch gut!«

»Ja, bestimmt! das war Kay!«, sagte Gerda, »er war so klug, er konnte Kopfrechnen mit Brüchen! – Oh, willst du mich nicht ins Schloss bringen!«

»Ja, das ist leicht gesagt!«, sagte die Krähe. »Aber wie stellen wir das an? Ich muss mit meiner zahmen Liebsten darüber reden; sie kann uns wohl Rat geben; denn das eine muss ich dir sagen, so ein kleines Mädchen wie du, das bekommt niemals die Erlaubnis, ordentlich hineinzugehen!«

»Doch, das tu ich!«, sagte Gerda. »Wenn Kay hört, dass ich hier bin, kommt er gleich her und holt mich!«

»Warte da am Zaun auf mich!«, sagte der Krähenmann, wackelte mit dem Kopf und flog davon.

Erst als es schon Abend und dunkel geworden war, kam er wieder zurück: »Rar! rar!«, sagte er. »Ich soll dich vielmals von ihr grüßen! und hier ist ein Stückchen Brot für dich, das hat sie aus der Küche genommen, da ist Brot genug, und du hast bestimmt Hunger! – Es ist nicht möglich, dass du ins Schloss gelangst, du bist ja barfuß; die Garde in Silber und die Lakaien in Gold werden es nicht erlauben; aber weine nicht, du sollst doch noch da hinaufkommen. Meine Liebste kennt eine kleine Hintertreppe, die zur Schlafkammer führt, und sie weiß, wo man den Schlüssel holt!«

Und sie gingen in den Park, in die große Allee, wo ein Blatt nach dem andern fiel, und als im Schloss die Lichter ausgingen, eins nach dem andern, führte der Krähenmann die kleine Gerda zu einer Hintertür, die nur angelehnt war.

Oh, wie Gerdas Herz vor Angst und Sehnsucht klopfte! es war gerade so, als sollte sie etwas Böses tun, und sie wollte doch bloß herausbekommen, ob es der kleine Kay war; ja, das musste er sein; sie dachte so lebhaft an seine klugen Augen, seine langen Haare; sie konnte richtig vor sich sehen, wie er lächelte, wie damals, als sie zu Hause unter den Rosen saßen. Er würde sich bestimmt freuen, sie zu sehen, zu hören, welchen langen Weg sie um seinetwillen gegangen war, zu erfahren, wie betrübt sie alle zu Hause gewesen waren, als er nicht zurückkam. Oh, das war eine Furcht und eine Freude.

Jetzt waren sie auf der Treppe; da brannte eine kleine Lampe auf einem Schrank; mitten auf dem Fußboden stand die zahme Krähe und drehte den Kopf nach allen Seiten und betrachtete Gerda, die sich verbeugte, wie sie es von der Großmutter gelernt hatte.

»Mein Verlobter hat so hübsch von Ihnen gesprochen, mein kleines Fräulein«, sagte die zahme Krähe, »ihre *Vita*, wie man so sagt, ist auch zu rührend! – Wollen Sie die Lampe nehmen, dann gehe ich voraus. Wir nehmen den direkten Weg hier, da begegnet uns nämlich niemand!«

»Mir ist, hier kommt jemand direkt hinter uns her!«, sagte Gerda, und es sauste an ihr vorüber; es ging wie Schatten über die Mauern hin, Pferde mit flatternden Mähnen und dünnen Beinen, Jägersburschen, Herren und Damen zu Pferd.

»Das sind nur die Träume!«, sagte die Krähe, »die kommen und holen die Gedanken der hohen Herrschaften zur Jagd, gut ist das, dann können Sie sie besser im Bett betrachten. Aber lassen Sie mich sehen, wenn Sie zu Ehren und Würden kommen, dass Sie da auch ein dankbares Herz zeigen!«

»Aber davon redet man doch nicht!«, sagte der Krähenmann aus dem Wald.

Nun kamen sie in den ersten Stock, der war aus rosenrotem Atlasstoff mit künstlichen Blumen an den Wänden; hier sausten schon die ersten Träume vorüber, aber die fuhren so hurtig dahin, dass Gerda die hohe Herrschaft nicht zu sehen bekam. Der eine Saal wurde prächtiger als der andere; ja das war wirklich verblüffend, und jetzt waren sie im Schlafzimmer. Die Decke hier drinnen glich einer großen Palme mit Blättern aus Glas, kostbarem Glas, und mitten über dem Boden hingen an einem dicken goldenen Stiel zwei Betten, die jedes wie Lilien aussahen: das eine war weiß, darin lag die Prinzessin, das andere war rot, und das war dasjenige, in dem Gerda den kleinen Kay suchen sollte; sie beugte eines der roten Blätter beiseite und da sah sie einen braunen Nacken. – Oh, das war Kay! – Sie rief ganz laut seinen Namen, hielt die Lampe dicht über ihn – die Träume kamen zu Pferde wieder in die Stube gesaust – er wachte auf, drehte den Kopf und – – es war nicht der kleine Kay.

Der Prinz ähnelte ihm nur im Nacken, aber jung und schön war er. Und aus dem weißen Lilienbett blinzelte die Prinzessin herüber und fragte, was es da gäbe. Da weinte die kleine Gerda und erzählte ihr ihre Geschichte und alles, was die Krähen für sie getan hatten.

»Du kleines armes Ding!«, sagten der Prinz und die Prinzessin, und sie lobten die Krähen und sagten, dass sie überhaupt nicht böse auf sie wären, aber das sollte doch nicht noch öfter vorkommen. Allerdings sollten sie eine Belohnung erhalten.

»Wollt ihr frei herumfliegen?«, fragte die Prinzessin, »oder wollt ihr eine feste Stelle als Hofkrähen mit allem, was in der Küche abfällt?«

Und beide Krähen verbeugten sich und baten um die feste Stelle; denn sie dachten an ihr Alter und sagten, »es wäre so gut für den alten Mann«, wie man bei ihnen sagt.

Und der Prinz stand aus seinem Bett auf und ließ Gerda darin schlafen, und mehr konnte er nicht tun. Sie faltete ihre kleinen Hände und dachte: »wie gut doch Menschen und Tiere sind«, und dann schloss sie ihre Augen und schlief einen so gesegneten Schlaf. Alle Träume kamen wieder hereingeflogen, und da sahen sie aus wie Gottes Engel, und sie zogen einen kleinen Schlitten, und auf dem saß Kay und nickte; aber das Ganze war nur Träumerei, und darum war es auch wieder verschwunden, sobald sie erwachte.

Am nächsten Tag wurde sie von Kopf bis Fuß in Samt und Seide eingekleidet; man bot ihr an, im Schloss zu bleiben und gute Tage zu haben, aber sie bat nur darum, einen kleinen Wagen mit einem Pferd davor zu bekommen und ein Paar kleine Stiefel, dann wollte sie wieder hinausfahren in die weite Welt und Kay finden.

Und sie bekam sowohl Stiefel als auch einen Muff; sie wurde so niedlich eingekleidet, und als sie aufbrechen wollte, hielt an der Tür eine neue Kutsche aus purem Gold; das Wappen von Prinz und Prinzessin leuchtete daraus hervor wie ein Stern; Kutscher, Diener und Vorreiter, denn da waren auch Vorreiter, saßen da und trugen Goldkronen. Der Prinz und die Prinzessin halfen ihr selbst in den Wagen und wünschten ihr alles Glück. Der Waldkrähenmann, der nun geheiratet hatte, begleitete sie die ersten drei Meilen; er saß neben ihr, denn er konnte es nicht ertragen, gegen die Fahrtrichtung zu sitzen; die Krähendame stand an der Pforte und schlug mit den Flügeln, sie kam nicht mit, denn sie litt an Kopfweh, seit sie die feste Stelle und zu viel zu essen hatte. Innen war die Kutsche mit Zuckerkringeln ausgekleidet, und auf dem Sitz lagen Früchte und Pfeffernüsse.

»Leb wohl! Leb wohl!«, riefen der Prinz und die Prinzessin, und die kleine Gerda weinte, und der Krähenmann weinte; – so ging es die ersten Meilen; da sagte auch der Krähenmann »Lebwohl«, und das war der schwerste Abschied; er flog in einen Baum hinauf und schlug mit seinen schwarzen Flügeln, solange er den Wagen sehen konnte, der leuchtete, als wäre es der klare Sonnenschein.

Fünfte Geschichte
Das kleine Räubermädchen

Sie fuhren durch den dunklen Wald, aber die Kutsche leuchtete wie ein loderndes Feuer, das stach den Räubern in die Augen, das konnten sie nicht aushalten.

»Das ist Gold! das ist Gold!«, riefen sie, stürzten hervor, ergriffen die Pferde, schlugen die kleinen Jockeys, den Kutscher und die Diener tot und zogen nun die kleine Gerda aus dem Wagen.

»Sie ist fett, sie ist niedlich, sie ist mit Nusskernen gemästet!«, sagte das alte Räuberweib, das einen langen, struppigen Bart hatte und Augenbrauen, die ihr über die Augen herunterhingen.

»Das ist so gut wie ein kleines Mastlamm! na, wie die schmecken wird!«, und dann zog sie ihr blankes Messer heraus, und das schimmerte so, dass es einen grauste.

»Au!«, sagte das Weib genau in diesem Moment, in dem sie ins Ohr gebissen wurde von ihrer eigenen kleinen Tochter, die ihr auf dem Rücken hing und so wild und ungezogen war, dass es eine Lust war. »Du grässliches Balg!«, sagte die Mutter und hatte gar keine Zeit mehr, Gerda zu schlachten.

»Sie soll mit mir spielen« sagte das kleine Räubermädchen. »Sie soll mir ihren Muff geben, ihr schönes Kleid, bei mir in meinem Bett schlafen!«, und dann biss sie wieder zu, dass das Räuberweib in die Höhe sprang und sich drehte, und alle Räuber lachten und sagten: »sieh wie sie tanzt mit ihrem Balg!«

»Ich will in die Kutsche!«, sagte das kleine Räubermädchen, und sie musste und würde ihren Willen bekommen, denn sie war so verwöhnt und so halsstarrig. Sie und Gerda setzten sich hinein, und dann fuhren sie über Stock und Stein tiefer in den Wald. Das kleine Räubermädchen war so groß wie Gerda, aber stärker, breitschultriger und von dunkler Haut; ihre Augen waren ganz schwarz, sie sahen fast betrübt aus. Sie umschlang die kleine Gerda und sagte: »Die sollen dich nicht schlachten, solange ich nicht böse auf dich werde! Du bist wohl eine Prinzessin?«

»Nein«, sagte die kleine Gerda und erzählte ihr alles, was sie erlebt hatte, und wie sehr sie den kleinen Kay liebhatte.

Das Räubermädchen blickte sie ganz ernst an, nickte ein wenig mit dem Kopf und sagte: »Die sollen dich nicht schlachten, nicht einmal wenn ich böse auf dich werde; dann werde ich es schon selber tun!«, und dann trocknete sie Gerdas Augen und schob dann ihre Hände in den schönen Muff, der war so weich und so warm.

Nun hielt die Kutsche an; sie waren mitten auf dem Hof eines Räuberschlosses; das war von oben bis unten zerrissen, Raben und Krähen kamen aus den offenen Löchern geflogen, und die großen Bullenbeißer, von denen jeder aussah, als könnte er einen Menschen verschlucken, sprangen hoch empor, aber sie bellten nicht, denn das war verboten.

In dem großen, alten, rußigen Saal brannte mitten auf dem steinernen Boden ein großes Feuer; der Rauch zog unter der Decke dahin und musste selbst sehen, wo es hinausging; in einem großen Braukessel kochte Suppe, und Hasen und Kaninchen wurden am Spieß gedreht.

»Du sollst heute Nacht mit mir hier schlafen, bei all meinen kleinen Tierchen!«, sagte das Räubermädchen. Sie kriegten zu essen und zu trinken und gingen dann in eine Ecke, wo Stroh und Decken lagen. Darüber saßen auf Latten und Stangen fast hundert Tauben, die alle aussahen, als ob sie schliefen, sich aber doch ein bisschen drehten, als die kleinen Mädchen kamen.

»Das sind alles meine!«, sagte das kleine Räubermädchen und packte rasch eine der nächsten, hielt sie an den Beinen und schüttelte sie, dass sie mit den Flügeln schlug. »Küss sie!«, schrie sie und klatschte sie Gerda mitten ins Gesicht. »Da sitzen die Wald-Kanaillen!«, setzte sie fort und wies hinter eine Reihe von Gitterstäben, die vor ein Loch hoch oben in der Mauer geschlagen waren. »Das sind Wald-Kanaillen, die beiden! die fliegen sofort weg, wenn man sie nicht richtig eingesperrt hat; und hier steht Bäh, mein alter Liebster!«, und sie zog ein Rentier an den Hörnern, das einen blanken Kupferring um den Hals trug und gefesselt war. »Ihn müssen wir genauso an der kurzen Leine halten, sonst springt er uns auch davon. Jeden Abend, immer wieder, kitzle ich ihn am Hals mit meinem scharfen Messer, davor ist er so bange!«, und das kleine Mädchen zog ein langes Messer aus einem Spalt in der Mauer und ließ es über den Hals des Rentiers gleiten; das arme Tier schlug mit den Beinen aus, und das Räubermädchen lachte und zog Gerda mit sich herunter ins Bett.

»Willst du das Messer dabeihaben, wenn du schlafen sollst?«, fragte Gerda und blickte es etwas bang an.

»Ich schlafe immer mit einem Messer!«, sagte das kleine Räubermädchen. »Man weiß nie, was noch kommen kann. Aber erzähl mir jetzt nochmal, was du vorhin vom kleinen Kay erzählt hast und warum du in die weite Welt hinausgegangen bist.« Und Gerda erzählte von vorn, und die Waldtauben gurrten da oben in ihrem Käfig, die anderen Tauben schliefen. Das kleine Räubermädchen legte ihren Arm um Gerdas Hals, hielt das Messer in der anderen Hand und schlief, dass man es hören konnte; aber Gerda bekam überhaupt kein Auge zu, sie wusste nicht, ob sie leben oder sterben sollte. Die Räuber saßen rund ums Feuer, sangen und tranken, und das Räuberweib schlug Purzelbäume. Oh! das war ganz grausig anzusehen für das kleine Mädchen.

Da sagten die Waldtauben: »Gurre, gurre! wir haben den kleinen Kay gesehen. Ein weißes Huhn zog seinen Schlitten, er saß im Wagen der Schneekönigin, der fuhr niedrig über den Wald dahin, als wir im Nest lagen; sie blies uns Küken an, und alle sind gestorben bis auf uns beide; gurre! gurre!«

»Was sagt ihr da oben?«, rief die kleine Gerda, »wo ist die Schneekönigin hingereist? Wisst ihr etwas darüber?«

»Sie ist bestimmt nach Lappland gereist, denn da ist immer Eis und Schnee! frag nur das Rentier, das da am Strick gebunden steht!«

»Da sind Eis und Schnee, das ist gesegnet und gut!«, sagte das Rentier; »da springt man frei herum in den großen schimmernden Tälern! da hat die Schneekönigin ihr Sommerzelt, aber ihr festes Schloss ist oben zum Nordpol hin, auf der Insel, die Spitzbergen genannt wird!«

»O Kay, kleiner Kay!«, seufzte Gerda.

»Nun musst du aber still liegen!«, sagte das Räubermädchen, »sonst kriegst du das Messer in den Bauch!«

Am Morgen erzählte Gerda ihr alles, was die Waldtauben gesagt hatten, und das kleine Räubermädchen sah ganz ernst aus, aber sie nickte mit dem Kopf und sagte: »Das ist ja ganz gleich!

das ist ja ganz gleich. – Weißt du, wo Lappland ist?«, fragte sie das Rentier.

»Wer sollte das besser wissen als ich«, sagte das Tier, und die Augen funkelten ihm im Kopf. »Da bin ich geboren und gesäugt worden, da bin ich übers Schneefeld gesprungen!«

»Hör zu!«, sagte das Räubermädchen zu Gerda, »du siehst, alle unsere Mannsleute sind weg, aber Mütterchen ist noch hier, und sie bleibt da, aber gegen Morgen trinkt sie aus der großen Flasche und gönnt sich dann ein kleines Nickerchen; – dann werde ich etwas für dich tun!« Jetzt sprang sie aus dem Bett, fuhr der Mutter um den Hals, zog sie am Schnurrbart und sagte: »na mein süßer kleiner Ziegenbock, guten Morgen!« Und die Mutter stupste ihr an die Nase, dass sie rot und blau wurde, aber das war alles nur aus reiner Liebe.

Als dann die Mutter aus der Flasche getrunken hatte und sich ein kleines Nickerchen gönnte, ging das Räubermädchen zum Rentier und sagte: »ich hätte eine sonderbare Lust, dich noch viele Male mit dem scharfen Messer zu kitzeln, denn dann wirst du so lustig, aber das ist jetzt ganz gleich, ich will deine Fessel lösen und dir nach draußen helfen, dass du nach Lappland laufen kannst, aber du sollst die Beine unter den Arm nehmen und mir dieses kleine Mädchen hier zum Schloss der Schneekönigin bringen, wo ihr kleiner Spielbruder ist. Du hast ja gehört, was sie erzählte, denn sie hat laut genug gesprochen, und du horchst doch!«

Das Rentier machte einen Luftsprung vor Freude. Das Räubermädchen hob die kleine Gerda empor und war so vorsichtig, sie festzubinden, ja ihr sogar ein kleines Kissen zu geben, auf dem sie sitzen konnte. »Das ist jetzt ganz gleich«, sagte sie, »da hast du deine zottigen Stiefel, es wird nämlich kalt, aber den Muff behalte ich, der ist doch zu niedlich! Du sollst aber trotzdem nicht frieren. Hier hast du Mutters dicke Fausthandschuhe, die gehen dir bis zum Ellenbogen, steck nur die Arme hinein! – Jetzt siehst du an den Händen aus wie meine widerliche Mutter!«

Und Gerda weinte vor Freude.

»Ich kann es nicht leiden, wenn du heulst!«, sagte das kleine Räubermädchen. »Nun sollst du ganz vergnügt aussehen! und da hast du zwei Brote und einen Schinken, dann musst du nicht hungern.« Beides wurde hinten auf das Rentier gebunden; das kleine Räubermädchen öffnete die Tür, lockte alle die großen Hunde herein, und dann schnitt sie den Strick entzwei mit ihrem Messer und sagte zum Rentier: »Und nun lauf! aber pass gut auf das kleine Mädchen auf!«

Und Gerda streckte die Hände, in den dicken Fausthandschuhen, dem Räubermädchen entgegen und sagte Lebewohl, und dann flog das Rentier davon über Busch und Strauch, durch den großen Wald, über Moore und Steppen, so rasch es konnte. Die Wölfe heulten, und die Raben schrien. »Piff! piff!«, sagte es am Himmel. Es war, als hätte er rotes Blut geniest.

»Das sind meine alten Nordlichter!«, sagte das Rentier, »sieh wie sie leuchten« und dann lief es noch schneller davon, Nacht und Tag; die Brote wurden aufgegessen, und der Schinken dazu, und dann waren sie in Lappland.

Sechste Geschichte
Die Lappenfrau und die Finnenfrau

Sie hielten an einem kleinen Haus; das war so kümmerlich; das Dach ging bis zur Erde, und die Tür war so niedrig, dass die ganze Familie auf dem Bauch kriechen musste, wenn sie heraus- oder hineinwollten. Es war niemand zu Hause außer einer alten Lappenfrau, die bei einer Tranlampe Fisch briet; und das Rentier erzählte Gerdas ganze Geschichte, aber seine eigene zuerst, denn es meinte, die sei noch viel wichtiger, und Gerda war so erschöpft vor Kälte, dass sie nicht reden konnte.

»Ach, ihr Ärmsten!«, sagte die Lappenfrau, »da habt ihr noch weit zu laufen! Ihr müsst über hundert Meilen in die Finnmark hinein, denn dahin hat sich die Schneekönigin aufs Land zurückgezogen und zündet jeden Abend wieder ihr blaues Licht an. Ich will euch ein paar Zeilen auf einen gedörrten Klippfisch schreiben, Papier habe ich nicht, den will ich euch mitgeben für die Finnenfrau da oben, die kann euch besser Bescheid geben als ich!«

Und als Gerda sich wieder aufgewärmt und zu essen und zu trinken bekommen hatte, schrieb die Lappenfrau ein paar Zeilen auf einen gedörrten Klippfisch, bat Gerda, gut auf den achtzugeben, band sie wieder auf dem Rentier fest, und das sprang davon. »Piff! piff!«, sagte es oben in der Luft, die ganze Nacht hindurch brannten die herrlichsten blauen Nordlichter; – und dann kamen sie zur Finnmark und klopften am Schornstein der Finnenfrau an, denn sie hatte nicht mal eine Tür.

Da drinnen war eine solche Hitze, dass die Finnenfrau selbst fast nackt herumlief; klein war sie und ganz verdreckt; sie band der kleinen Gerda gleich die Kleider auf, nahm ihr die Fausthandschuhe und die Stiefel ab, weil es ihr sonst zu heiß geworden wäre, legte dem Rentier ein Stück Eis auf den Kopf und las dann, was auf dem Klippfisch stand; sie las es dreimal, dann konnte sie es auswendig und steckte den Fisch in den Essenstopf, denn den konnte man noch gut essen, und sie ließ nie etwas verkommen.

Nun erzählte das Rentier zuerst seine Geschichte und dann die der kleinen Gerda, und die Finnenfrau zwinkerte mit den klugen Augen, sagte aber nichts.

»Du bist so klug«, sagte das Rentier; »ich weiß, du kannst alle Winde auf der Welt in einen Nähfaden binden; wenn der Seemann den ersten Knoten löst, bekommt er guten Wind, löst er den anderen, dann bläst eine steife Brise, und löst er den dritten und den vierten, dann stürmt es, dass die Wälder umfallen. Willst du nicht dem Mädchen einen Trank geben, dass sie so stark wird wie zwölf Mann und die Schneekönigin überwinden kann?«

»Stark wie zwölf Mann!«, sagte die Finnenfrau; »o ja, das wird wohl reichen!«, und dann ging sie zu einem Wandbrett hinüber, nahm eine große aufgerollte Lederhaut herunter, und die rollte sie auseinander; es standen wunderliche Buchstaben darauf, und die Finnenfrau las, bis ihr das Wasser die Stirn herunterlief.

Aber das Rentier bat wieder so inständig für die kleine Gerda, und Gerda sah mit so bittenden Augen, voller Tränen, die Finnenfrau an, dass diese wieder mit ihren zu zwinkern begann und das Rentier in eine Ecke zog, wo sie ihm zuflüsterte, während es frisches Eis auf den Kopf bekam:

»Der kleine Kay ist zwar bei der Schneekönigin und findet dort alles nach seinen Wünschen und Gedanken und meint, es sei der beste Teil der Welt, aber das kommt daher, dass er einen Glassplitter ins Herz bekommen hat und ein kleines Glaskörnchen ins Auge; die müssen zuerst heraus, sonst wird er nie zum Menschen, und die Schneekönigin behält die Macht über ihn!«

»Aber kannst du nicht der kleinen Gerda etwas eingeben, dass sie Macht über das Ganze bekommt?«

»Ich kann ihr keine größere Macht geben als die, die sie jetzt schon hat! siehst du nicht, wie groß die ist? Siehst du nicht, wie Menschen und Tiere ihr dienen müssen, wie sie auf bloßen Füßen so gut in der Welt vorangekommen ist? Sie darf von uns nichts über ihre Macht wissen, die sitzt ihr im Herzen, die sitzt darin, dass sie ein süßes unschuldiges Kind ist. Wenn sie nicht selber zur Schneekönigin hineinkommen und das Glas aus dem kleinen Kay herausbekommen kann, dann können wir auch nicht helfen! Zwei Meilen von hier beginnt der Schlossgarten der Schneekönigin, dahin kannst du das kleine Mädchen tragen; setz sie an dem großen Busch ab, der mit seinen roten Beeren im Schnee steht, halt dich nicht lange mit Papperlapapp auf und sieh zu, dass du schnell zurück bist!« Und dann hob die Finnenfrau die kleine Gerda auf das Rentier, das lief, so schnell es konnte.

»Oh, ich hab meine Stiefel nicht mit! ich hab meine Fausthandschuhe nicht mit!«, rief die kleine Gerda, das spürte sie in der schneidenden Kälte, aber das Rentier durfte nicht stehenbleiben, es lief, bis es zu dem großen Busch mit den roten Beeren kam; da setzte es Gerda ab, küsste sie auf den Mund, und da liefen dem Tier große, blanke Tränen über die Wangen, und dann lief es, so schnell es konnte, wieder zurück. Da stand die kleine Gerda ohne Stiefel, ohne Handschuhe, mitten in der furchtbaren eiskalten Finnmark.

Sie lief voran, so schnell sie konnte; da kam ein ganzes Regiment von Schneeflocken; aber die fielen nicht vom Himmel, der war ganz klar und leuchtete vom Nordlicht; die Schneeflocken liefen zu ebener Erde dahin, und je näher sie kamen, umso größer wurden sie; Gerda erinnerte sich wieder, wie groß und kunstvoll sie ausgesehen hatten, damals als sie die Schneeflocken durch das Brennglas betrachtet hatte, aber hier waren sie wirklich auf ganz andere Weise groß und furchtbar, die waren lebendig, das waren die Vorposten der Schneekönigin; sie hatten die wunderlichsten Gestalten; manche sahen aus wie ekelhafte große Igel, andere wie ineinander verknäuelte Schlangen, die ihre Köpfe hervorstreckten, und andere wie kleine dicke Bären mit gesträubten Haaren, alle leuchteten weiß, alle waren sie lebendige Schneeflocken.

Da betete die kleine Gerda ihr Vaterunser, und die Kälte war so stark, dass sie ihren eigenen Atem sehen konnte; ganz wie ein Rauch stand er ihr aus dem Mund; der Atem wurde dichter und dichter und er formte sich zu kleinen hellen Engeln, die mehr und mehr wuchsen, sobald sie die Erde berührten; und alle hatten sie Helme auf dem Kopf und Speere und Schilde in den Händen; sie wurden mehr und mehr, und als Gerda ihr Vaterunser beendet hatte, war da eine ganze Legion um sie her; die hieben mit ihren Speeren in die großen Schneeflocken, dass sie in hundert Stücke zersprangen, und die kleine Gerda ging ganz sicher und keck geradeaus. Die Engel tippten ihr auf die Füße und auf die Hände, und da empfand sie weniger, wie kalt es war, und ging rasch voran zum Schloss der Schneekönigin.

Aber nun wollen wir zuerst sehen, wie es Kay ergeht. Er dachte ganz gewiss nicht an die kleine Gerda, und am allerwenigsten dachte er, dass sie draußen vor dem Schloss stand.

Siebente Geschichte
Was sich im Schloss der Schneekönigin zutrug und was seither geschah

Die Wände des Schlosses waren aus stiebendem Schnee und die Fenster und Türen aus den schneidenden Winden; da waren über hundert Säle, je nachdem wie der Schnee stob, der größte dehnte sich über viele Meilen, alle beleuchtet vom starken Nordlicht, und die waren so groß, so leer, so eisig kalt und so glänzend. Niemals gab es hier das kleinste Vergnügen, nicht einmal einen kleinen Bären-Ball, wo der Sturm zum Tanz aufblasen und die Eisbären auf den Hinterbeinen gehen und feine Manieren haben konnten; niemals eine kleine Spielgesellschaft mit Maulschellen und Lappentanz; niemals auch nur ein kleines bisschen Kaffeeklatsch der weißen Fuchs-Fräuleins; leer, groß und kalt war es in den Sälen der Schneekönigin. Die Nordlichter flackerten so genau auf, dass man mitzählen konnte, wann sie am höchsten und wann am niedrigsten Punkt angelangt waren. Mitten in dem leeren unendlichen Schneesaal gab es einen gefrorenen See; der war in tausende Stücke zersplittert, aber jedes Stück glich so akkurat dem anderen, dass es ein vollkommenes Kunststück war; und mitten darauf saß die Schneekönigin, wenn sie zu Hause war, und dann sagte sie, dass sie im Spiegel des Verstandes sitze und dass dies das einzige und das beste in dieser Welt sei.

Der kleine Kay war ganz blau vor Kälte, ja fast schwarz, aber er spürte es doch nicht, denn sie hatte ihm ja den Kälteschauder weggeküsst, und sein Herz war so gut wie ein Eisklumpen. Er ging umher und schleppte einige scharfe flache Eisstücke, die er auf alle möglichen Weisen zusammenlegte, denn er wollte etwas aus ihnen herausbekommen; es war so, wie wenn wir anderen kleine Holzplatten haben und diese zu Figuren legen, die man das chinesische Spiel nennt. Kay ging auch hin und legte Figuren, die allerkunstvollsten, das war das *Eisspiel des Verstandes*, in seinen Augen waren die Figuren ganz vorzüglich und von der allerhöchsten Wichtigkeit; das machte das Glaskörnchen, das ihm im Auge saß! er legte ganze Figuren, die ein geschriebenes Wort waren, aber niemals wollte ihm das Wort gelingen, auf das es ihm gerade ankam, das Wort: *Ewigkeit*, und die Schneekönigin hatte gesagt: »Wenn du mir diese Figur herausbekommst, dann sollst du dein eigener Herr sein, und ich schenke dir die ganze Welt und ein Paar neuer Schlittschuhe!« Aber er konnte nicht.

»Jetzt sause ich in die warmen Länder!«, sagte die Schneekönigin, »ich will einen Blick in die schwarzen Kessel werfen!« – Das waren die feuerspeienden Berge, der Ätna und der Vesuv, wie man sie nennt. – »Ich werde sie etwas einweißen, das gehört dazu! das tut gut, wenn es sich auf die Zitronen und Weintrauben legt!«, und dann flog die Schneekönigin, und Kay saß ganz allein in dem viele Meilen großen leeren Eissaal und sah auf die Eisstücke und dachte und dachte, dass es in ihm knackte, ganz steif und stille saß er, man hätte glauben können, er sei erfroren.

Da geschah es, dass die kleine Gerda ins Schloss eintrat, durch das große Tor, das waren schneidende Winde; aber sie sprach ein Abendgebet, und da legten die Winde sich, als wollten sie schlafen, und sie trat ein in die großen, leeren, kalten Säle – da sah sie Kay, sie erkannte ihn, sie flog ihm um den Hals, hielt ihn so fest und rief: »Kay! süßer kleiner Kay! so hab ich dich doch gefunden!«

Aber er saß ganz still da, steif und kalt; – da weinte die kleine Gerda heiße Tränen, die fielen auf seine Brust, die drangen in sein Herz ein, die tauten den Eisklumpen auf und verzehrten den kleinen Spiegelsplitter; er sah sie an und sie sang das Kirchenlied:

»Im Tal die Rosen blühen fort und fort,
Da kommt zu uns vom Jesuskind das Wort!«

Da brach Kay in Tränen aus; er weinte, dass das Spiegelkörnchen aus seinem Auge kullerte, er erkannte sie und jubelte: »Gerda! süße kleine Gerda! – wo bist du denn so lange gewesen? Und wo bin ich gewesen? « Und er sah sich rings um. »Wie ist es hier kalt! wie ist es leer und groß!«, und er hielt sich an Gerda fest, und sie lachte und weinte vor Freude; das war so gesegnet, dass selbst die Eisstücke vor Freude ringsherum tanzten, und als sie müde waren und sich niederlegten, da formten sie ebenjene Buchstaben, von denen die Schneekönigin gesagt hatte, dass er sie herausbekommen sollte, dann wäre er sein eigener Herr, und sie wolle ihm die ganze Welt geben und ein Paar neuer Schlittschuhe.

Und Gerda küsste seine Wangen, und sie erblühten; sie küsste seine Augen, und sie leuchteten wie ihre, sie küsste seine Hände und Füße, und er war gesund und frisch. Sollte die Schneekönigin doch nach Hause kommen: sein Freibrief stand da geschrieben mit schimmernden Eisstücken.

Und sie fassten einander bei der Hand und wanderten aus dem großen Schloss hinaus; sie sprachen von Großmutter und von den Rosen oben auf dem Dach; und wo sie gingen, lagen die Winde ganz still und die Sonne brach hervor; und als sie zu dem Busch mit den roten Beeren kamen, stand da das Rentier und wartete; das hatte ein anderes junges Ren bei sich, dessen Euter gefüllt war, und das gab den Kleinen seine warme Milch und küsste sie auf den Mund. Dann trugen sie Kay und Gerda zuerst zur Finnenfrau, wo sie sich in der heißen Stube aufwärmten und Bescheid für die Heimreise bekamen, dann zur Lappenfrau, die ihnen neue Kleider genäht und ihren Schlitten instandgesetzt hatte.

Und das Rentier und das junge Ren sprangen an ihrer Seite einher und begleiteten sie, geradewegs bis zur Landesgrenze, da lugte das erste Grün hervor, da nahmen sie Abschied vom Rentier und von der Lappenfrau. »Lebewohl!«, sagten sie allesamt. Und die ersten kleinen Vögel begannen zu zwitschern, der Wald hatte grüne Knospen, und heraus aus ihm kam auf einem prächtigen Pferd, das Gerda erkannte (es war vor die Goldkutsche gespannt gewesen), ein junges Mädchen geritten, mit leuchtend roter Kopfhaube und Pistolen vor sich; das war das kleine Räubermädchen, das es leid war, zu Hause zu bleiben, und nun zuerst Richtung Norden und dann in eine andere Gegend wollte, falls sie nicht recht vergnügt sein sollte. Sie erkannte gleich Gerda, und Gerda erkannte sie, das war eine Freude.

»Du bist ja ein feiner Knabe, so in der Welt herumzustiefeln!«, sagte sie zum kleinen Kay; »ich möchte wissen, ob du es verdienst, dass man deinetwegen bis ans Ende der Welt läuft!«

Aber Gerda streichelte ihre Wangen und fragte nach Prinz und Prinzessin.

»Die sind in fremde Länder gereist!«, sagte das Räubermädchen.

»Aber die Krähe?«, fragte die kleine Gerda.

»Ja die Krähe ist tot!«, antwortete sie. »Die zahme Geliebte ist Witwe geworden und trägt einen schwarzen Wollflicken am Bein; sie klagt jämmerlich, und das Ganze ist närrisch! – Aber jetzt erzähl mir, wie es dir ergangen ist, und wie du ihn hier zu fassen gekriegt hast!«

Und Gerda und Kay erzählten alle beide.

»Und Schnipp-schnapp-schnurre-basselurre!«, sagte das Räubermädchen, nahm sie beide bei der Hand und versprach, dass sie, wenn sie einmal durch ihre Stadt käme, kommen und sie besuchen wollte, und dann ritt sie hinaus in die weite Welt, aber Kay und Gerda gingen Hand in Hand, und wie sie gingen, war es ein wunderbarer Frühling mit Blumen und Grün; die Kirchenglocken klangen, und sie erkannten die hohen Türme, die große Stadt, das war die, in der sie wohnten, und in die gingen sie hinein und bis zu Großmutters Tür, die Treppe hinauf, in die Stube hinein, wo alles noch am selben Platz stand wie zuvor, und die Uhr sagte: »tick! tick!«, und der Zeiger drehte sich; aber indem sie durch die Tür gingen, merkten sie, dass sie erwachsene Menschen geworden waren. Die Rosen aus der Dachrinne blühten zu den offenen Fenstern herein, und da standen die kleinen Kinderstühlchen, und Kay und Gerda setzten sich jeweils auf ihres und hielten einander bei der Hand, wie einen schweren Traum hatten sie die kalte leere Herrlichkeit bei der Schneekönigin vergessen. Großmutter saß in Gottes hellem Sonnenschein und las laut aus der Bibel vor: »wenn ihr nicht werdet wie die Kinder, kommt ihr nicht in Gottes Reich!«

Und Kay und Gerda sahen einander in die Augen, und da verstanden sie auf einmal das alte Kirchenlied:

»Im Tal die Rosen blühen fort und fort,
Da kommt zu uns vom Jesuskind das Wort!«

Da saßen die beiden, zwei Erwachsene und doch Kinder, Kinder im Herzen, und es war Sommer, der warme, gesegnete Sommer.

Verzeichnis der Autorinnen und Autoren, Texte und Druckvorlagen

LOUISA MAY ALCOTT
Gute Nachbarschaft
Aus: L. M. A.: Little Women. Übers. von Monika Baark. Stuttgart: Reclam, 2021. S. 67–79.

HANS CHRISTIAN ANDERSEN
(1) Die Schneekönigin
(2) Der Schneemann
Aus: H. C. A.: Märchen und Gedichte. Hrsg. und übers. von Heinrich Detering. Stuttgart; Reclam, 2012. (1) S. 155–192, (2) S. 166.

WILHELM HAUFF
Die Höhle von Steenfoll
Aus: W. H.: Sämtliche Märchen. Hrsg. von Hans-Heino Ewers. Stuttgart: Reclam, 2002 [u. ö.]. S. 371–387.

TOVE JANSSON
Der Schnee
Aus: T. J.: Die Tochter des Bildhauers. Übers. von Birgitta Kicherer. Stuttgart: Verlag Urachhaus, 2014. – © Verlag Urachhaus, Stuttgart 2014.

SELMA LAGERLÖF
Die Legende vom Luciatag
Aus: S. L.: Sancta Lucia. Weihnachtliche Geschichten. Hrsg. von Christel Hildebrandt und Gabriele Haefs. Stuttgart: Reclam, 2013. S. 15–43.

LUDWIG TIECK
Des Lebens Überfluss
Aus: L. T.: Des Lebens Überfluss. Stuttgart: Reclam, 2023. S. 52–75.

OSCAR WILDE
Der selbstsüchtige Riese
Aus: O. W.: Die Märchen. Stuttgart: Reclam, 2008. S. 32–38.

RECLAM TASCHENBUCH Nr. 20777
2025 Philipp Reclam jun. Verlag GmbH,
Siemensstraße 32, 71254 Ditzingen
info@reclam.de
Umschlaggestaltung: Philipp Reclam jun. Verlag GmbH
Umschlagabbildung: Andrew Macara »Frühschnee, Darley Park« –

Umschlagmaterial: PEYVIDA puro 270 g/m², peyer cover gmbh
Druck und Bindung: GGP Media GmbH,
Karl-Marx-Straße 24, 07381 Pößneck
Printed in Germany 2025
RECLAM ist eine eingetragene Marke
der Philipp Reclam jun. GmbH & Co. KG, Stuttgart
ISBN 978-3-15-020777-2
reclam.de

FSC www.fsc.org MIX Papier | Fördert gute Waldnutzung FSC® C014496